来都来了

淋漓尽致过一生

美亚 —————— 著

北京联合出版公司
Beijing United Publishing Co.,Ltd.

图书在版编目（CIP）数据

来都来了 : 淋漓尽致过一生 / 美亚著. — 北京 :
北京联合出版公司, 2021.11
　　ISBN 978-7-5596-5549-3

　　Ⅰ. ①来… Ⅱ. ①美… Ⅲ. ①随笔 – 作品集 – 中国 –
当代 Ⅳ. ①I267.1

　　中国版本图书馆CIP数据核字(2021)第183535号

来都来了 : 淋漓尽致过一生

作　　者 : 美　亚
出 品 人 : 赵红仕
图书监制 : 马利敏　孙文霞
责任编辑 : 李艳芬
策划编辑 : 孙文霞　陈艳芳
特约编辑 : 王肃超　李　格
封面设计 : MM末末美书
　　　　　QQ:3218619296

北京联合出版公司出版
（北京市西城区德外大街 83 号楼 9 层　100088）
北京时代华语国际传媒股份有限公司发行
三河市宏图印务有限公司印刷　新华书店经销
字数182千字　880毫米×1230毫米　1/32　7印张
2021年11月第1版　2021年11月第1次印刷
ISBN 978-7-5596-5549-3
定价 : 49.80元

目 录

Part 1

我那么美，没时间颓废

1

Part 2

我这样的少女，为何也有中年危机

Part 3

我敢爱你，你敢爱我吗？

Part 4

生孩子有那么恐怖吗？

Part 5

"没有人关心我，除了大数据"

自序：对不起，我当年不敢想的生活如今都得到了

01

2007年，我本科毕业，如愿以偿进了省电视台某频道工作。这是我们学广电新闻专业的学生最对口的工作，我怀揣着专业上优质、精神上饱满的傲娇，一个猛子扎进"电视狗"的行列。

那是一个做直播的节目组，几乎没有休息，我在那里学会了舞台"唱、做、念、打"的编排，常常整夜剪片子、再包装，也经历过播出前一分钟把播出带送到演播室的事。

所幸阶段性成果是喜人的，工作第二年，我被叫去"喝咖啡"，说是要升我做现场执行导演。

美好的前程在向我招手。

谁知，后来情况急转直下，执行导演没做成，我突然被调离这个节目组，去了另外一个节目组担任一个虚设的闲职。接着我职业生涯上的一个转折点"闪亮登场"了。

假若我临终前倒带往事，这些帧绝对快进不了。

我和老闺密在新街口吃着韩国料理，突然接到同事心急火燎的电

话："我的天哪，双向选择表里没有你，你被待岗了！"

吃进嘴里的酱料让我的舌头发麻，我颤抖着双手，眼泪就要掉下来。

双向选择被待岗的意思是，你按照意向选择两个节目和部门，如果这两个节目组没有选你，那么你就轮空了。

就算调离那个我得心应手的节目组是我将受到冷落的征兆，但我也没有意料到结果竟会严重到濒临失业。我一直认为，从业务能力和成绩上来说，怎么都轮不到我失业。

没有人给我答案，大家都在尽力回避尴尬，我只能自己找答案。

1. 工作上锋芒太甚，坚持己见，那些被请过来的老师常直面我的愣头直怼。

2. 个性至上，做直播穿得拖拖垮垮，领导开玩笑似的对我说过几次：做直播应该穿得利索。我那时却坚持认为：只要能做好节目，裸奔都成。

3. 倨傲自大地认领那些小成绩带来的恭维。

4. 很多年之后作为当事人的我目瞪口呆地得知，我和制片人被定以"个人作风问题"了。

5. 当然还有：我没有后台。

02

这段往事我曾避讳至极，因为那是我在职业生涯和社会认知中遭到的重创，也是我第一次人前尽失态、人后遭非议。

可今天我能轻描淡写地将这段往事说出来，因为回首过往，那是我重塑社会认知和自我认知的起点。况且，当时我以为的错失，其实每一步都踏在正确的道上。我可以选择待岗，但我的自尊心不允许。就像你真心爱过一个人，突然被抛弃，只能选择逃避。

休息了半年后，2010年，我去了北京做图书营销。我到达后，北京接连下了三天暴雨。

我曾站在北京的四惠桥上，吹着饭后的晚风感叹"北漂"的生活。

真是漂泊啊！

我住在十几个人住一套房的宿舍，因为房间不够，所以只能睡在客厅，我的睡眠障碍就是在当时客厅每天的噪声中落下的。

那时的我夜夜加班到凌晨。还曾在路上被抢劫，宁死不屈、英勇搏斗，也要拽着笔记本电脑，因为那里面有我凭自己本事刚写完的新闻稿，我不想重写啊！

也曾出现过工作失误，联系了所有平台的活动，忘了通知作者本人，在楼道里被骂得狗血喷头。

北方的空气和干燥暖气，让我的南方皮肤患上了永久性敏感皮炎，脸上用什么护肤品都会感到刺痛。

但是我好像并不觉得苦。

住在客厅被尊称为"厅长"，偷听到多少少女同事的心事。

被抢劫完坐在楼道里颤抖着身体，闷声哭一会儿，就上楼化妆去三里屯疯。第二天若无其事地在办公室撒泼："居然劫财不劫色，看不起谁啊！"

耐心听作家骂完，然后和颜悦色地说："好的，老师我错了，那么我们下一次活动您什么时候有空？"那位作家很好，在几年后的签售会上看到我笑眯眯地说："哟，是你呀。"刘心武老师，当年让您受累了。

脸痛又不妨碍胶原蛋白的蓬勃生长，我依旧每天打扮得像是要靠脸吃饭一样。

我不再是那个一点即爆的"炮仗"。我从第一段职业的失败中懂得了百炼钢成绕指柔的力量；懂得在工作中，只有解决问题、没有解决情绪的必要；也踏踏实实明白，我没有后台，我不但要一如既往地努力，还要人前认尿，人后竭尽全力对自己好。

我如此谦逊勤勉，还有一个重要的原因：我接触到的是最顶尖的作家、最有执行力的团队、规模前所未有的发布会，还有那些坐在路边摊、看起来平平无奇的亿万富豪，戎马倥偬、战绩辉煌却一脸平和的传奇人物。

北京把我的井口砸碎了，我为过去青蛙式的傲娇感到羞赧，也不再为曾经的失败耿耿于怀。世界那么大，你擦破的那点儿皮又算什么。

03

这段改变我价值观和世界观的"北漂"生活，以我考入国营出版集团为终结。我回到南京，开启了有房有车、朝九晚五的白领生活。

再之后我闪婚闪孕，辞职南下，这步棋走得让身边所有人都心惊肉跳。如若当日北上乃被迫，那么南下就是我破釜沉舟的决定。无论前方是什么，我都要再去寻求另一种生活的可能。

北京打开了我野心的封印，我好似没有脚的小鸟，终日遨游，不愿歇脚与养老。

然而我没有展翅高飞，我面对的是两年痛不欲生的全职妈妈生活。没有工作寄托，没有朋友交心，只有味蕾上的乡愁，以及妻母身份转换的蜕壳之痛。

我告诉自己：你定要快马执鞭，重出江湖。

我要感谢江苏媒体《服饰导报》和我的闺密九夜茴。前者在这两年里给我开了专栏，哪怕我写陈芝麻烂谷子、隔壁老王、广场舞大妈，他们都照单全收，让我即使赋闲蛰伏，也笔耕不辍。

后者和我约了我人生的第一本书。幸好，我接到橄榄枝时，一直没有丢掉思考和笔。

从此我踏上了作家这条路。

我不断地横向积累公众号文章带给我的心理学和传播学实践经验，也不断地给传统媒体写稿，不敢忘煮字疗饥之人的初心。这些又反馈给我无尽的人生力量。

采访王晶先生时他跟我说："没有灵感要75分，有灵感要90分，否则你就不是专业手。"

采访李路先生时他跟我说："我不会拍同类型的片子，但每个类型都要是树上最好的那片叶子。"

当我十年前坐在编辑机前汲汲营营抠一条宣传片时，又何曾会想到，我会和这些神坛之上的人杰促膝长谈，领略他们恢宏人生的壮阔？

七年前接完父母的电话，站在北京街头号啕大哭的我，又何曾会想到，如今的我会坐拥二十几万忠粉，他们完全地信任、支持我？

如果我没有因被待岗去北京，就不会懂得年轻时自以为的一叶知秋只是管中窥豹。如果我没有进入体制内而后离开，就不会发掘自己的野心，也没有机会找到毕生挚爱的事业。

这起承转合的每一步都严丝合缝，进一步就告诉我进一步的真理，转个弯就明晰每个弯的教训。

再往后，你就开始懂得命运的指示，放心大胆地向外行走：心不野，怎么知道可能不可能？

04

十年间，我没有接受那种嫁个隔壁公务员安稳一生的婚姻，我舍近求远落定香港，追寻自己的爱情，同时也适应了文化习俗和生活语境。诸多远嫁之痛、疏离之殇，都在看到老李和两个孩子时消融。

我在妻母和事业的痛苦磨合中涅槃，也逐渐明晰了一点：女人，素手汤羹，白首一人，温柔缱绻，那只是贯穿人生的一件小事，是自然选择后大部分人顺从的社会规则之一。而你真正需要的灵魂支柱，无关性别，无关起点，无关年龄，只关乎你的内心。

没有人天生知道自己应该怎么走，可能眼前是沼泽或沙漠，没关系，你的心要走得比身体更快一步，再野一点儿，别给自己设限。

行文至此，百感交集，十年种种，又岂是此文尽可道尽。在这世间野蛮问路，行至此处，落子无悔。

Part 1

我那么美，没时间颓废

找不到自我怎么办？

总是有粉丝给我留言，说找不到自我，问我怎么办？

关于"找不到自我"这件事，前两年我也是个"高发患者"，高发期通常为：情绪不佳、间歇性癫狂时段；江郎才尽、灵感枯竭时段；诸事缠身、"大小熊"轮流生病时段；以及"大姨妈"、黄梅天、喜欢的包不在店等一系列暴躁时段。也就是说，一年里有半年的时间，我都在呐喊："我找不到自我！"

我不得不承认，"找不到自我"这个理由确实能把你从鸡飞狗跳的生活里规避出来，化繁为简，你不需要抽丝剥茧各个突破问题，只需要沉溺于那一味痛苦即可。

现状与本人不符，远方和诗拥堵；万年"单身狗"，工作没盼头……都是"找不到自我"的错，那该死的自我到底去哪里了？

我前段时间看了部德国电影《无主之作》，男主角库尔特是个东德（原德意志民主共和国）的画家，因为政治的桎梏与环境的闭塞，他只能画一些壁画。他很苦闷，他找不到自我，画不出想象中惊天动地的画作。

幸运的是，他有一个惺惺相惜的妻子艾莉，陪着他放弃了东德优渥的生活，在形势没有完全恶化时，一穷二白地逃到了西德（德意志联邦共和国）。库尔特得以在三十岁之时进入杜塞尔多夫艺术学院。

西德已经进入了现代艺术的跑道，无论是科隆还是杜塞尔多夫，流行的都是行为艺术、装置艺术、坑蒙拐骗艺术，绘画在新兴摄影艺术的衬托下，成了明日黄花。

库尔特很幸运，妻子赚钱养专攻艺术的他，导师也循循善诱，允许他拥有自己的画室。

他很努力地效仿西德的绘画方式——用脚印作画，把颜料像划血袋那样划开。

对他寄予厚望的导师，看了他的作品后很失望，导师认为那些不过是东施效颦后的庸脂俗粉，并没有画出库尔特眼神里的"自我"。

库尔特烧了那些作品。

电影接下来的二十分钟，库尔特都坐在一张大白画布前，看太阳朝升夕落。

当然，最后他找到了自我，画出了"心"，并开启了世界绘画新纪元。他把传统绘画与摄影艺术结合又区分，在"临摹照片"的基础上，加入绘画的主观性，挽救绘画于艺术边缘。

你知道我看到后半部分是什么感受吗？我怕他画不出来。

我怕影片铺垫的少年天才是个"仲永"。他在东德出类拔萃，风光无限，是因为他只需要完成"命题作文"。他在西德的尝试，也有种村夫装阔的拙劣与廉价。

即便他才华横溢，如若不是在西德现代艺术最兼容并包的蓬勃发展期，如若找不到一种合理的、艺术的、晦涩的解释包装，他的绘画方式也可能销声匿迹。

但是，我的担心是多余的，他不会画不出来，也不可能不伟大，因为电影为真实故事改编。

库尔特的原型是德国波普艺术家格哈德·里希特。电影有艺术加工的部分，但格哈德·里希特确实以"照相现实性画"成名，并成了杜塞尔多夫艺术学院的教授。从1963年开始至今，不断举办世界巡回画展。

问题在于，我的担心，在"幸存者偏差"定律里的"幸存者"身上当然是多余的。可我想了很久，我之所以担心，对电影结局不信任，是因为它时时刻刻会坍塌在芸芸众生身上。

满目疮痍？江郎才尽？进退维谷？想换个地方从头再来？我们大部分人，不会是格哈德和库尔特，我们只会在剩下的二十分钟里，对着空白画布，发呆、痛苦、哀号，一直到你发现自己只能到此为止。

《绝望的主妇》里面有句台词很残酷但真实："很多人的一生，不过是作壁上观，盼望在临死前得到惊喜。"

我们要面对的真相是：那就是你，以及你适配的生活。你并不是没有找到自我，而是你无法面对找到的这个自我。真实的你，就是有着浅薄、愚笨、庸碌、粗俗、暴躁、冷漠、自私这些讨厌的部分。

你无法接受这个事实，所以告诉自己还没找到自我，这是因为人类有着趋利避害的本能。作为群居又有些势利的动物，我们渴望温暖、聪慧、毅力、善良，以及由此带来的名望、利益、尊重。我们当然希望这些特质首先出现在自己身上。所以哪怕你早就发现了自我，但因为那与完美背道而驰，并不理想，你便假装自己没找到。

世界上最了解你自己的，就是你自己。我们不要逃避，也不用逃避。

比如我，我从今年开始就不再回避自己的诸多劣迹——懒惰、冷漠、自私、情绪不稳定。我确定自己是个紧绷型人格，并且才华有限，我接受它给我的一切负面情绪与后果。因为，我发现这些讨厌的部分，我竭力想掩盖的部分，改变它们的代价，是改变后的反弹，那种反弹，更让我厌倦。

我喜欢那些外向开朗的女朋友，面面俱到，善解人意。我的模仿充其量是演技，而且也会因为社交带来的能量殆尽而变得疲倦不堪。

我喜欢那些才高八斗的天才，他们在我天赋乘以勤奋都望尘莫及的"金线"之上，我想要追随，得到的只有自卑和无力感。

我喜欢那些情绪稳定的人——这是我完全做不到的一点，我无法控制自己由于看"变形金刚"而产生的宇宙虚无的恐慌，我可以装得很淡定，但是我确实怕啊。

我唯一要确认的，是我有没有因为这样糟糕的自我而伤害到别人。

我想了想，老李是那种性格完全与我匹配的人，他面对我的负面情绪间歇性发作毫无波澜，甚至有点想笑。

父母、公婆离得远，上上之选。亲子关系中，也许孩子拥有一个疯疯癫癫时而三十岁、时而三岁的妈妈，倒不是什么坏事。

我的朋友们也习惯了我的见风来雨、自私冷漠，他们依然选择我，这说明我也有我可爱的地方。

至于那些可能被我伤害的某人，既然是某人，也不必介怀。反正我已经接受了这种不在意带来的朋友少的结果。

你看，找到自我并不困难，困难的是，你可能无法喜欢自我。

我的意见是，不需要喜欢自我啊。你不喜欢下雨，倾盆大雨不期而至；你不喜欢西蓝花，它因富含花青素被四处摆盘；你不喜欢村上春树，他还是会以名言警句的方式出现在你微博首页。不喜欢就不喜欢好了，共存嘛。共存才是你能最大程度取悦自我的方式，接受它的存在，并找到最适合自己的生存环境。任何的回避、厌恶，还有连根拔起的改变，都是反噬。

Take it easy.（照顾好自己。）

对不起，对美貌的执念并没有毁掉我

01

休假期间，我看到一篇爆文，大致意思是说"对美貌的执念，正在毁掉现代女性"。

正在古镇阳光下逦迤漫步的亚姐恼了："我怎么毁了？我没有毁啊，如果美貌真要毁灭谁，请第一个毁掉我吧！"

这篇莫名其妙的文章首先建立在一个莫名其妙的命题上：美由取悦而进化。追根溯源，女人对美貌的执念，是因为想要讨男人欢心，获得交配权和繁衍权。

从生物进化的角度来说，这个命题没毛病。但是，如果说，爱美是为了取悦男性，所以我们不用竭力去美，那么——谈情说爱、海誓山盟也是为了交配与繁衍，那就没有了爱情！

女人爱美的原因，也早就发生了分化。

1. 一部分女性确实是为了取悦对方，打扮成对方想要的模样。花开无数朵，各表一枝，她乐意让自己在对方瞳仁里开出花来，与你何干？有何诟病？

2. 女为悦己者容，只是一种顺便的礼貌。女人的美，永远是用来悦己的。

说现代女性爱美都是为了男人，那么就不会存在雪地靴、男友风、颓败风、板寸头等一系列男性无法理解的审美了。

3. 女人的美除了悦己，还用来争奇斗艳，美给同性看。女人如果要去见另一个颜值实力相当的女人，必定得细细打扮一番，不愿自己的美丽落了下风。

甚至，正如闫红老师所说："现在已经进入男色时代，屏幕上晃动的大多都是'小鲜肉'。"有时引人注意的，也从美女换成了帅哥，一时间，好像女人们已然从长期的压抑中解脱出来，从淑女变成了"好色之徒"。

现今审美鄙视链里，"大叔"市场低迷，清一色"小鲜肉"成为香饽饽。

谁取悦谁？别逗了。

02

其次，这个观点驳斥炮轰的面有点儿广，让中国现代女性统统"躺枪"。

现代女性会为了不晒黑，就不去西藏，不去户外运动？有这种想法的人是不是对现代女性有什么误会？在防晒化妆品的防晒指数达到120且价格低廉、防晒装备精准到每一寸肌肤的时代，还会有女人为此放弃看世界、再野一点儿的机会？

你说的那种女性矫情叫"公主病"。谁让"公主病"代表现代女性了？

在沙漠里晒到两颊烫红的我首先不同意被代表！

亚姐也比较反感"国际地图炮"，说什么中国女性没有外国女性洒脱，不懂得修身养性爱生活。

法国有于佩尔，我们近来摇旗呐喊，让我们心悦诚服的章子怡、袁泉、俞飞鸿、小陶虹，又何尝不是中国女性在女性集体意识觉醒的路上向"于佩尔式"进军？

巴黎街头和德国咖啡店中的女人，都有着从头到脚一丝不苟的优雅。亚姐数度旅行的阿拉伯国家的女性，也会在黑袍包头的衣着下，给自己装饰些许花红柳绿。

中国女性并不都沉迷于整容塑形，她们（我们）铆足了劲，创业、旅行、工作、修行，英姿勃发与风情万种，哪里是一副皮囊所能承载的内外兼修？

到底是这篇文章的作者见到的中国现代女性太少，还是我们并不活在一个纵向时代和横向世界？

03

相反，我觉得女人就是要对美有执念。

我在北京的一次签售会上被问到如何过好女人的一生。

我："简单来说，我们普通女人一生只要怕两件事，总归不至流离潦倒，一无是处。"

1. 怕自己不美

怕自己不美，你一生的注意力都会集中在自己身上，不仅是关注自己的皮相，在遇到林林总总爱恨痴嗔时，也会想着自己的姿态不要难看。

它是不放过任何皱纹斑点，用贵妇级化妆品就能抵达的状态吗？等同于皮肤年轻无瑕疵吗？不，那是对自己永不松懈的欣欣向荣感，无关年龄、职业、阶层。怕自己不美，是多维的笃定自爱。

2. 怕自己的美里没有内容

怕自己的美里面没有内容，所以不懈地去填充吸收，瑰宝其内，金玉其外，腹有诗书气自华。你忙于自己的兴趣爱好、筚路蓝缕的事业，又怎会总觉苦闷孤寂，无处话悲凉？

女人一生只要害怕这两点，便不必计较有无爱人，有无建树，哪怕孤芳自赏，也不失为成就一番活色生香的人生。

我那么美，没时间颓废

01

我的一个女友，被男友单方面宣布分手，一时目瞪口呆。不知道她在家号啕大哭多少回，在和我的电话里要生要死多少遭，可到与男友吃最后的晚餐时，还是做好头发，化好妆，一身小晚礼裙赴约。

一出门就给我打电话，泪如雨下求表扬："你看我直到最后都是美美的。我丑不起。"

那当然，她每天用着面膜护肤霜，又健身又做 SPA，把自己捯饬得活色生香，又岂是一场莫名恋情能打倒的？她那么爱美，又如何能忍受自己人前的颓废与失态？

女人爱美，大约是不忍自己身体发肤有垂丧之气，不许自己在任何境地展现丑陋窘迫之形。

2009 年，我刚去北京一个月，有一天晚上加完班回宿舍的路上，我被抢劫了。我与劫匪苦苦搏斗十分钟，脑海里就一个声音：我辛辛苦苦加班写的新闻稿，电脑怎么能被你抢走！我还得重写！

十分钟后，巡警来了，劫匪跑了。我被劫匪拖倒在地上，手臂上都是擦伤。劫后余生，我这才开始后怕：如果巡警不来呢？劫匪会不会恼羞成怒掏出一把刀？

录完口供，我坐在宿舍楼下的台阶上哭，不敢告知父母和尚不熟悉的同事。一个北京的朋友火速赶来，看着坐在地上的我说："别哭了，没被抢劫过的人生不完整，我带你去酒吧压压惊吧。"

但是我浑身泥土、失魂落魄的样子太不优雅，于是麻利上楼换衣服化妆。

在我擦干眼泪、梳妆打扮后，看到镜子里的自己焕然一新，晦气全无，就好像那场浩劫是个与自己无关的意外插曲。我那么美，没时间哀号啊！

此去经年，当我回忆那晚，大约是三里屯青年友谊酒店的灯光和音乐，嘈杂的人声和觥筹交错的荷尔蒙。谁都不知道往前半小时，我经历了可能会与世界永别的劫数。我的恐惧和战栗，都融入那晚的霓虹和我的漂亮脸庞里。

我们生于世上，被命运裹挟着艰难前行，会遇到太多的磨难、厄运和痛苦，但爱美这份女人独有的理直气壮，真的可以提升你的元神，给你的人生打气。

爱美让我变成了更好的自己。

我可以为了在几分钟的视频里不显胖，减到自己史上最低体重，附带还拥有了马甲线。

我可以为了第二天拍照，把一晚的满心委屈眼泪生生憋回去，忍耐过去我才发现这事儿根本不值一提。

更别提那些少女时光，为了美而从不因感情问题在人前痛哭流涕。

最终我发现，确实是遇到了错的人啊。

所以，女人遭遇磨难时，为何比男人更坚韧？窃以为，因为女人爱美，落难之时，镜子里等待粉白黛黑的自己，就是生活重铸的星星之火。

02

被称为"上海第一贵族"的民国名媛郭婉莹，就是靠"美"这个信念支撑着多舛的一生。她的父亲是永安百货的创始人（永安百货香港有多家分店，内地改名为"华联商厦"）。

她在悉尼度过了童年，从小就见惯世面。回国后就读于宋庆龄姐妹曾就读的贵族学校，毕业后不接受媒妁之言，考到了燕京大学心理学系。之后与林则徐的后代吴毓骧自由恋爱，终成眷属。

美好的爱情却没有经受住时间的考验，婚后，吴毓骧出轨了。习惯了优雅的郭婉莹只是走到丈夫在外苟合的住所，牵着他的手走了出来。要知道，吴毓骧是在她怀孕的时候出轨的啊，可是郭婉莹依然保持着发髻一丝不乱的气度。

和她需要面对的其他苦难相比，丈夫出轨又算什么。吴毓骧生意失败，她要一起做工还债，接着丈夫就撒手人寰。

她被赶去扫厕所，即使扫厕所也要每天发髻齐整，配一身合身的旗袍。去掉其他开支，她生活费只有六块，她只能不吃早餐，一日两餐粗茶淡饭。

关于这段时光，郭婉莹在面对采访时只淡然说了一句："有利于我保持身材。"

你看，她竟然能从家徒四壁里找到一丝关于美的意外收获。是豁达，是格局，也是真的习惯了美的自查。

她让我想到《长恨歌》里的王琦瑶，那个上海选美小姐，那个唇如赤霞、脸如碧玺的美人，就算被男人始乱终弃，做了承受着市井流言的单亲妈妈，也要在家自制下午茶。小说看完，我脑海里勾勒的全是她穿着旗袍，在上海小巷娉娉婷婷行走，遭到非议被戳脊背的模样。

她们好像没有时间喟叹自己的际遇，抱怨命运的不公，她们的眼里只有自己——我要如何让今天比昨天过得更美一点。

她们的爱美，又上了一个台阶，不仅仅是一副皮囊的执着，更是生活的姿态要美，眼到手及之处，都不容一丝懈怠的不体面。

03

比起郭婉莹和王琦瑶，我们的容貌可能并没有得到上天的如此眷顾，皆是中人之姿，也没有轰轰烈烈的际遇成就美谈佳话，我们伸出双手，尽是家长里短和柴米油盐，是是非非和吵吵闹闹。可就像顾城说的那句："人可生如蚁，而美如神。"

失恋了不可以哭成肿眼泡，因为还要神采奕奕地去上班。孩子哭闹不可以彻夜愁闷，因为第二天还要神采飞扬地去参加发布会。婆婆妈妈的刁难又如何，转身走向闺密聚会，依旧雄赳赳气昂昂。

红尘俗世，渺小脆弱，平凡如斯，这天赐的一身皮囊，又怎能轻易怠慢。我是蝼蚁，可我也是自己的女神。我那么美，没时间颓废。

尽管给自己贴标签，糊了算我的

01

我有个闺密，潇洒无比，一放假就出去野。她玩遍五湖四海都自驾，爽朗大气，天不怕地不怕的，跟谁都能聊得开心，五大洲都有朋友。

我问她怎么做到的，她翻了个快有三米宽的白眼："和欧洲人拥抱，和日本人鞠躬，和非洲人一起跳舞。"

她是典型的胆汁质型人格，永远热血沸腾，哪怕到了八十岁，归来仍是少年。

但这个胆大包天的小妖精有一个致命缺陷，就是有勇无谋（她自己说的），永远都静不下心来做研究工作，她有时觉得自己是只蚱蜢，也就是会蹦跶的草包。

她从小就对我能不眠不休一天内啃完一本晦涩的心理学书发自肺腑地崇拜，也是因为这个才没有因为我的情绪不稳定而早早绝交。

和她比起来，有轻微社交恐惧症和典型黏液质型人格的我，可以说是相当孤僻和懒惰了。

我数来数去，自己也就那么几个看到两相厌烦的老闺密，平日里手机静音，微信用意念回复，连赞都懒得给她们点。

对朋友都如此冷酷无情，就别说出去浪荡了。驾照上我是个有七年驾龄的老司机，可差劲的方向感让我永远只配做个乘客。

出国的时候我拖着英文精湛的朋友，像个女王那样指着小摊上的水果对朋友说："你问问他这是什么？"

朋友："你的硕士文凭该不是买的吧？"

我只是疲于交际，懒得开口。宅在家里读书看剧、工作码字，就是最舒适的状态。但是，我着实很羡慕老闺密的活力四射、朋友遍四海啊！

02

年轻时总是羡慕别人这厢好，那厢酷。喜欢热闹的认定自己空虚，他人即充实；喜欢安静的认定自己孤寂，他人即丰盛。于是年轻的我们总想追逐他人，去尝一尝我们羡慕的滋味。

说起来也对，还那么年轻，有无限可能，为什么要给自己贴标签？

按照我的人生经验来说，那是一条歧路，人终究拗不过自己的本性。

老闺密一坐下看书就头疼眼花，四肢无力，产生人生悲苦的幻觉。我一出门参加聚会，就背脊冷汗，精神萎靡，以不自觉的黑脸成为扫兴杀手。

我们这还算好，浅尝辄止，无伤大雅。可有的人却是铆足了劲生拉硬拽，拖慢自己的人生。

比如早年的一个同学，明明是个电影艺术家，一脑门的蒙太奇和画面语言，如果本科一毕业就去从事电影，现在也许早有名气了。人家偏不，非要和自己较劲，去报考工商管理硕士，以证明自己也会读书。

我还有一个女友，她明明气场很强势，走路带风，天生一副管理者的面孔，经营着一家小而美的甜品店，偏偏要去兼职做保险——并非歧视金融从业者，而是保险在中国依旧是个需要在客户面前放低姿态、拥有极高柔韧度和情商的职业。她那张看起来就高高在上的脸，让人无法想象她以何种不适的姿态约见客户。

我们当然不能主动给自己贴标签，可其实我们的标签早在人生的最初阶段就标注完毕。你的天赋、气质、性格决定了早就有一条最适合你的路。

剩下的，就看你何时何地发现这张标签，是想把这张标签揉碎撕烂，还是把它铸造成一个品牌。

03

那么再说我和老闺密吧，我俩放弃了互相效仿，接受了互补后，继续羡慕对方是真诚羡慕的，死不悔改也是正确的。她始终停不下蹦跶的脚步，那也不妨碍她"曲线救国"——万里路依旧会告诉她科普特人是不是古埃及人后代；犹太人卡夫卡在简陋的黄金小巷用德语酝酿了《中国长城建造时》；非洲猎豹不会捕杀怀孕期的猎物。

从异乡人的故事里，她能比从诗歌、戏剧、小说和电影中得到更璀璨、浪漫、多元的共情。温暖的、残酷的、唏嘘的，从别人的故事里延续到她的旅行里。

远方和诗歌本身就是互通的。

她甚至还做起了旅行周边产业，和她世界各地的朋友们联合起来，做手工艺品代购，圈我们的钱。

我呢，还是喜欢囿于书房一角，在文字中探勘整个宇宙。真理无穷，可真有每进一寸的欢喜。输入之后的输出，就是这一篇篇嬉笑怒骂的文字。

我没有精力旺盛的天赋，精进独处也不失为一种对自己的礼数。

她这些年考了潜水证、跳伞 A 证、调酒师证；而我考了普通话证、记者证、心理咨询师证。

证书本身不能量化什么，可它总是代表了一种普世化的准则：我们接受并发扬了自己的标签，在各自的世界里收获了成果，得到了肯定。

若你的标签是"文艺青年"，那就大胆深究琴棋书画，点字成金。

若你的标签是"野生玩家"，那就放马做个电子竞技职业选手。

若你的标签是"天生学霸"，那就埋头读成个业内泰斗。

若你的标签是"贤妻良母"，那就做个最会生活的优雅太太。

我们把标签深耕，就成了品牌，这个品牌就是我们自己。这份"自主品牌"没有多么煊赫驰名，无非是我们知道自己在做什么，并且甘之如饴做下去。

你那么强势，还是离我远点吧

01

常有姑娘问我："亚姐，我（或者我男朋友、我同事、我家人等）觉得我太强势了，我要改改吗？"

有的女人强势，是气势，是仗义，是得当的性感；有的女人强势，是势利，是凌驾，是令人生厌的戾气。所以，要不要改掉强势，就看你的强势，划分在哪一类。

一位做出版的朋友曾经接过一个小有名气的作者的稿件，本以为天赐良稿，花落自家，欣喜异常。和这位作者一起探讨过人生和工作后才发现，这是同行们让出来的一个大坑——这个作者实在太强势了。

大到封面、书名要做主，小到版式、字号都要插手。编辑尽到本职，提出改稿意见，作者不屑一顾："我觉得我写的没问题，要不让主编看一下？"这位作者蹙眉间的深意了然：我的文字还轮不到你来指手画脚。

大家商议了一下，觉得纵然有更好的策划文案、封面设计、整体包装，但不想再继续耗费沟通成本。反正以作者的现有名气，可以保证不赔本，犯不着大家置气，日后难相见。

作者的书就这样下厂了。结果自然不如她意，仅仅卖出了首印数。她不反思自己，反跑到主编面前质疑他们的能力有问题。

主编也是个暴脾气，想着这样的作者也不会再接洽，索性撕破脸："当初跟您说，市场导向今时不同往日，定位要转换，您听不进，现在又跑来秋后算账。非以为自己还是当年那个香饽饽，事必躬亲，固执己见，真不知道要我们干什么。我给您一个建议：您以后自己设计封面，自己排版，自己发行。庙小不容大佛，再见了您。"

作者拂袖而去，办公室载歌载舞热烈欢送。这位作者往后兜兜转转又出了几本书，然而终究不改她最初的写作风格，文字毫无进步，反响平平，大势已去。

一个人强势，必然有他自信之因。恰到好处使用，那叫特立独行有主见。当自我认知高过实际能力，这份强势就变成了反噬前程的阻碍，它让你目盲耳聋，只相信自己是正确无误的。这份强势落入团队合作里，就必然腥风血雨，人心涣散。你的眼里容不得别人，对"术业有专攻"置若罔闻，又谈何共进退、同创造呢？

这样的强势注入爱情和婚姻，也是毒瘤。你以为你倾尽所有、细致入微，那不过是你用说一不二的居高临下，将爱情变成一座控制对方的牢笼罢了。

02

有个高学历的优质女友，大龄未婚，她本人和周遭的人都对此愤愤不平：男人们都瞎了眼了。

可男人们并不瞎，当初追她的人也踏平门槛，却都在婚姻这最后一道防线前狼狈而逃。

在恋爱中，她喜欢将一切都把控在手里，有完美主义的执念。因为她出挑的样貌，这没什么可诟病的。棘手的是，完美的标准也牢控在她手里。

男友的发型是三七分，不行，必须是检验颜值的寸头。

男友喜欢爬山，行头多是户外风，不行，必须是衬衫加七分裤，走游艇路线，好随时跟她出席晚宴。

男友有《英雄联盟》情结，不行，必须是克里斯·芭哈蒂和吕克·贝松。

连送给未来婆婆的礼物，也要是她认准的思琳——LV 不是她的品位。

她喜欢的男人，多是稳扎稳打的精英，早就养成了一套自己的行为方式和审美品位，哪能任由她摆布。女友的样貌和才学再优越，都压制不了男友们瞭望自由的心声。

她信誓旦旦地说："我才不会将就呢，我一定会找到适合我的人。"

她误解了"适合"的含义，"适合"并不是对方单纯地适应你，而是彼此妥协磨合，犹如齿轮逐渐咬合密切的过程。你那么强势，那些弱势得完全低人一等的男人，从心性到等级，你也未必能看上。

如果不幸有这样的一个窝囊男人被"钦点"，那么他的日子一定是这样的：

"不要烦，听我的就行了。"

"这件事就这么定了！"

"你怎么那么没主见啊！"

"你怎么那么没用啊！"

我们将不幸再放大一些，将来强势女人和窝囊男人生个孩子，那么孩子的日子就是爸爸的复刻版：

"不要跟隔壁的小朋友玩，不要跟考倒数第一的人玩！"

"要上围棋班，要上奥数班。"

"你怎么那么笨啊？"

"我辛辛苦苦都是为了你！"

现在让我们为这个家庭默哀三分钟。这种强势女人的讨厌之处，在于她散发出了戾气和自大，却毫不自察。她们紧抱这种莫名其妙的优越感，发号施令，误认为这是女人强大自立负责任的表现，并且深觉自己对他人与家庭做出了杰出的、无可替代的贡献。

03

女人正确的强势，是优雅而间歇性的，是一种聪明的选择性。

她可以看起来柔弱绵软，万事低调谦逊，也可以看起来大气爽朗，谈笑如风。她们待人处事，都妥帖温暖，不让人有千钧压顶的负重感。

她们的强势只在两处呈现：不可姑息的血性、决不妥协的原则性。

我认识两位性感的强势女人。其中一个幼年就受到《古惑仔》影响，势要做个"小结巴"式的老大的女人。她在男人堆里拳打脚踢地长大，横扫一切丑恶。可你和长大后的她相处，丝毫不觉风尘气和霸道感。

因为强势只存在于她代表正义和智慧化身时。比如坚决曝光揩油老板，置诈骗团伙于死地而无后生，一寸不让，一步不退。

她对朋友仗义豪爽，两肋插刀；对前辈长辈尊重礼让；对男友时而"野蛮女友"，时而小鸟依人。

她的强势具有别样情趣，显而易见很讨人欢喜。

我的另一位女友，强势得并不明显。她总是温温吞吞，无论对员工、对朋友，从不大声呵斥，从来都是吴侬软语，甜到你心里。我根本无法把她和一个手下有三百员工的霸道女总裁联系在一起。

就是这样一个"软妹"，做事雷厉风行，眼光独到狠辣。面对甲方的无理要求，坚决维护自己的员工，毫无商榷的余地。

也就是这样一个"软妹"，在得知自己的富二代老公出轨后，坚决离婚，分文不取，只求守住内心那份至死不渝的原则。

她的强势表现得柔弱冷静，反衬出内心的强大自持，让人心有怜爱，却不敢轻慢。

这才是女人强势最正确的姿态。不在乎琐碎的得失，不显山不露水地争辩，有退有让，甚至以退为进。

她们把笃定和傲娇都深藏于心，既赢得外界的认可，又得到对外界的占有。只有这种强势才是真正的强大。

你对"性感"是不是有什么误会？

01

有粉丝在微博给我私信说，相亲对象像春天的积雪、撒欢儿的兔子、养不熟的旅行蛙，相见后无影踪，像从来没有存在过。

但她面临这样尴尬的局面，并没有抱怨男人眼瞎，她诚恳地自省："亚姐，我觉得是我的问题，我前男友就说过，我是那种看起来挑不出毛病，但相处后也挑不起激情的女孩，有让男人娶回家做老婆的想法，但没有共度一生的信心，我的问题到底出在哪里？"

这个姑娘，大约就像《红玫瑰与白玫瑰》中的白玫瑰孟烟鹂，贤良淑德，恬静温顺，一看就是好老婆的人选。这样的女孩容易获得婚姻，却难获得爱情。佟振保娶了孟烟鹂后就心猿意马，对王世洪的太太——风情万种的红玫瑰王娇蕊想入非非。

一言以蔽之，孟烟鹂的问题就是不性感。所谓性感，不是单纯肉欲，性感是一个女人的综合吸引力，是神秘感和个性留白，能勾起男人的征服欲和持续探索欲。

这就能解释一个现象：有些姑娘用女性视角来看平平无奇，但追求者源源不断；而有些女孩看起来端庄明丽，却似乎像一尊雕塑，让男人敬而远之。

到底怎么样，才能获得这种综合吸引力的"性感"？

02

安吉丽娜·朱莉，这头好莱坞"猎豹"是性感的顶配。她的性感不仅仅来自高级轮廓和贝齿红唇，还有一种难以驯服的野生感。

在安吉丽娜·朱莉的社交平台上，你能粗略得知这个性感尤物对"性感"的理解：

1. 性感是多样性的：可以是有趣，可以是酷。

"性感"这个词，上行至明星艺人处，是个褒义词。银幕中人，或浪漫多情，或潇洒迷人，催动众生的多巴胺。下行至普罗大众，词性就产生了一种微妙的游离。性感变成一种不能日常化的状态，好像只能取决于衣领高不高、屁股翘不翘，约等于肉欲。

但实际上，平胸也可以性感，短发依旧魅惑，"性冷淡风"和"御姐风"都是性感的一种。

当你的外形与气质严丝合缝地成为一种独一无二的存在，就会散发出想让人靠近探寻的欲望。

又或者说，当你的气质性格自成一派，自然有审美对应者望风而来，而不是左看右看，都模棱两可，不知道眼前的姑娘，到底是不是自己喜欢的类型。

2. 性感可以带一点儿"坏"："当别的女孩想成为一个芭蕾舞演员时，我想做一个吸血鬼。"

在我曾经的圈子里，有个姑娘楚楚衣衫，般般入画，温柔贤淑。圈子里的男人却似乎集体瞎了，对她要么彬彬有礼，要么称兄道弟。

某次忍不住询问原因，一位"直男"思忖良久说："这样说吧，她看上去正确无比，有一种圣母的光辉。我看到她哪敢有非分之想，只想跪在她面前忏悔。"

"男人不坏，女人不爱"由来已久，同理可证"女人太乖，傻傻呆呆"。女人的坏，就如吸血鬼，带着秋波暗转的俘获感、红颜祸水的刺激感，自带强劲勾人电流。

当然，这种坏不是放射性的普遍撒网，而是有针对性的有的放矢。

3. 伤害也能是一种性感。

不要收藏你的过往，假装白纸一张，有故事的女同学更迷人。这种性感，更接近于一种千帆过尽的智慧积淀，历遍红尘的情商历练。

有故事的女同学，通常在情感里会张弛有度，不会像初涉情场时那么盲目、不知所措。不会靠一只口红判断你爱不爱她，更不会删光你微信里的女性头像宣告地盘，一言不合用分手求关注。

有故事的女同学，因为懂得，所以独立；因为慈悲，所以适度依赖。你会有一种想保护她，听她说过去的故事的冲动，也会对她有三分敬畏，不敢越过她的底线。

那么怎样才能这么性感？其实每个女孩都是独一无二的，想性感谁都拦不住，关键在于，我们有时把自己的性感压抑了。

03

有次过年，我在娘家涂指甲，女儿也举着她的小肥手冲过来，要求我也给她的指甲涂上好看的颜色。母女俩认真地涂完指甲，围着烘干器耐心地等待指甲干。

我妈路过，皱着眉头，愤愤然说："上梁妖精下梁妖怪，她才三岁，妖里妖气。"

我置若罔闻，夸女儿："哎呀你好美啊，像妈咪这么美。"

如果她从小爱舞刀弄枪，我会配给马鞍皮靴，为她的上蹿下跳衷心鼓掌。如果真那样，我妈肯定又会批评一句"女孩子没个女孩子的样子"。

在这样的教育下，我花了很久才得到正确的自我认知；用了很大的决心才知道"和别人不一样"不可耻；鼓起了很大的勇气才敢穿着礼服在公众场合开始我的表演。

你要做的，其实也不多，就是喜欢什么风格，穿什么风格；喜欢研究飞机火箭，那就放手大胆干；喜欢哪个男人，用力追到手。

所谓"性感"，其实就是"任性"——任由他人谈论，我有我的性格。不求什么人见人爱，只求自己活得舒坦畅快。

这样的你，就足够性感迷人了。

没有安全感是"妇科病"？

女友和恋爱五年的男友终于结婚了。领完证当晚，在甜蜜的气氛中，男友突然一副郑重其事的样子说要和她谈心。

女友开始胡思乱想：我们是失散多年的兄妹？他有绝症？他借了高利贷？

男友只是拿起女友的手指，放在自己的手机指纹处。然后主动交代了自己的微信密码、QQ密码，还有百度云和网易云密码。末了把两张温热的卡从怀里掏出来：这里面是奖金，这里面是工资。

女友长吁一口气，被对方的坦白感动得泪流满面，但总觉得哪里不对。苦苦思索两天两夜，她才跑来跟我咆哮："五年了一直防着我啊！结了婚才放心啊！"

我笑了："很正常，男人也是没有安全感的生物，他也怕终生乱托付，人财两空。一纸婚书对他们来说，也是尘埃落定的心安。你老公不但对你进行了发自内心的肯定，且相当有仪式感，你的家庭生活有前途。"

我们容易犯的一个错误，就是认为安全感缺失是"妇科病"，实际上，安全感缺失是全人类的通病。

只是男人自认为高人一等，在没有安全感这件事的呈现上比较要面子，不会像女人般轻易表现出来，他们清清楚楚地计算着、焦灼着、恐惧着。

02

我第一次听到我婆婆说老李到上小学时都怕黑要开灯睡时，笑得不能自己。在我们家，老李是钢铁般的男子汉，拥有钢铁般的勇敢。

是什么改变了他？大约是一睁眼发现自己是一家之主，打蟑螂、修水管、捉小偷，哪怕心里瑟瑟发抖，也要保护身后倚仗他的人。

我在养育一儿一女的过程中，也渐渐明白了两性在安全感上暴露差异的原因。

哥哥和妹妹作为婴孩时，都会因为外界的刺激而一惊一乍，受到惊吓，统一动作就是捂住眼睛，躲到大人怀里。在三岁亲密关系建立前，我们不会对他们有差别心。

随着哥哥长大，我们自然而然从骨子里见不得他的露怯。遇见生人，妹妹可以躲在人后抱大腿，暗中观察。哥哥就必须像个绅士般落落大方，给妹妹做个表率。

当他们的要求没有得到满足时，妹妹可以撒泼打滚、泪涕横流，像肉球一样翻滚反而显得憨态可掬。哥哥学起来东施效颦，老李的一句"不像个男孩子的样子"就生生把他的撒娇哭声堵了回去。

两个人抢玩具时，我们这厢一碗水端平不偏不倚，那厢哥哥却嫌妹妹哭得太吵，双手奉上，深明大义地说"我是哥哥，我要礼让"。

至于那些"上电梯要让女士先走""像武士一样保护家中公主们"，"对女同学恭敬有礼不可越雷池亲昵"……无须我们动嘴，幼儿园和社会规则也会一点点对他潜移默化。

某次我们去海洋公园看水幕表演，火焰"砰"的一声蹿上来，妹妹直接大叫"爆炸啦"，全程捂眼痛哭。哥哥也被吓到惊慌失措，但他强行逼着自己眯眼观看，还不忘嘲讽妹妹"女孩子就是胆小"。

他已经有了性别意识：男孩子的标签就是勇敢、无畏、有担当。

有天晚上临睡前，哥哥很伤感地跟我说："妈咪，如果有天你们先去见天父了，我和妹妹怎么办？"我紧紧圈住他，我知道他这片刻流露的不安全感，再长大一点儿便会被男人的自尊湮没覆盖。

你看这世上男人都如老李父子般，不是不怕，不是不慌，也不是不想软弱，只是社会规则告诉他们，男人要顶天立地，要勇冠三军，因为你生来就是被别人依靠的。

03

在情感上，男人在各段恋爱中并不会露出孤立无援的状态，他们没有安全感体现在"是老婆那就不一样了"上。开头的一幕，但凡说给男人们听，各个都心领神会：那当然不一样了，是老婆才能放心把身家都交给她。

当然，男人安全感的最大来源，还是事业。事业对男人来说，是个人价值的承载，他们也明白，他们建功立业的程度，决定人间烟火的温度。

这从某种程度上能解释，为什么男人受挫时的韧性更低，因为男人受挫多数定义在事业方面，而事业是男人人生的首张多米诺骨牌，它有时意味着全盘皆输，妻离子散。

当事业并没有崩盘，只是无疾而终时，男人同样会自乱阵脚，不知所措。

日剧《野武士的美食》里，一位为家庭奋斗终生的大叔，退休后发现自己的全职太太其实生活很精彩，有自己的朋友圈与生活。自己才是那个失去朝九晚五工作后一无所有的人，他只能给自己找事情做，访遍美食，孤独地找寻年轻时的记忆。

女人终身靠照顾与友谊，寻求自己的安全感，所以安全感少有断裂，老来含饴弄孙，和朋友们一起跳广场舞、报旅行团，倒也有声有色。而男人，打拼一世，以为自己是个王者，最终却可能会陷入自我价值的疑惑深渊。

所以，当我们可以把歇斯底里、疑神疑鬼、要房要车归结于只是要一份安全感时，男人们只能把那份又惊又怕埋在心里，然后，波澜不惊地托起所有人的底。

有钱，正在毁掉中国女性？

01

据说某平台做了一个调查问卷，想知道那些手机屏幕前的女粉丝最关心什么问题。他们的最初揣测和我认为的一样，困扰女性的问题亘古不变，理应是情感周边——

他为什么不爱我？

我为什么忘不了他？

我爱他、他爱她，苍天大地，到底是为什么？

问卷结果却让人瞠目结舌，现代女性最关心的问题并不是情感，而是：我怎样才能有钱？怎样才能找到好的工作？

看到这个结果以后，我开始关注这一问题，最终了解到的情况确实是这样的：在我的两场新书签售会和两场高校讲座中，女性提问最多的问题都与前程和事业相关。

和情感沾那么一点儿关系的是：如何做到家庭和事业的平衡？

首先，这是件好事，随着时代的进步，女人们已经意识到，爱自己是终生浪漫的开始，而这种浪漫，绝大部分建构在物质之上。

我自己就是这种意识觉醒的受益者，这种受益后知后觉。起初我只是为了缓释产后抑郁而笔耕不辍，给自己找一个抵御精神虚无的出口。承蒙命运错爱，我误打误撞在自媒体红利尾期分一杯羹后，才发现兜里有钱的状态，和家境富裕、老公靠谱，最终可能指向同一种外向呈现：衣食无忧，甚至养尊处优。但内里精神状态却迥异。

有钱能给任何状态的你带来松弛和自由。

02

和"少奶奶"级的女友出去逛街，我们看中同一款包，我毫不犹豫拿下，她却在专柜前踌躇再三，当然不是因为价格，女友是升级版的罗子君，总裁老公非常有钱。她支支吾吾絮叨：我老公不喜欢这种中性款的包，他就喜欢香奈儿那种小女人范儿的。

少女们听起来也许会有甜蜜的负担感，但实际上那是一种微妙的寄人篱下感。

这让我想起我零收入时的状态——靠老李和娘家"接济"。老李从来不会限制我的用度，在审美上也从来都是"你喜欢就好"。而我娘家更是未雨绸缪给我打钱，怕我看人脸色。

然而，但凡有自尊心的女人，都会产生不自觉的心虚。

当我花老李的钱，去买一件他感受不到美感的东西，在他得知价格的时候，表现出的神情无论是对审美的不认同，还是对价格的咂舌，我的直觉都会倾向于后者。

而花娘家的钱，更是会让我毫无底气，充满罪恶感。我会把他们的疼爱等同于省吃俭用供我挥霍无度。

所以我能与女友产生共情，当她和老公的审美相重合时，才能心安理得地进行升级型消费。靠别人养活，消费的自由度只能囿于"活"的部分。

我早前提出过一个观点：女为悦己者容，是一种顺便的礼貌。女人的美，永远是用来取悦自己的。

这种取悦，要在经济独立的情况下才能得到全部实现。否则在这种愉悦中，会混杂用人手短的负担感。也许是这种心理状态，让现在大部分女性在自己的人生清单上，划去了"嫁入豪门"，添上了"成为豪门"。

任何事都有两面性，这种集体无意识的观念转变，有没有对女性的生活产生负面影响？

当然有。

03

影响最大的，是对两性关系的懒惰。

我身边一溜的未婚少女，都对恋爱呈现一种若即若离的佛性。

没恋爱的姑娘觉得男友可有可无，在线上线下消费高度便利的今天，不需要异性的照顾自己一样能吃饱穿暖，电影、书籍、旅行、游戏那么好玩，谈恋爱的功用性并不强。情感慰藉部分，她们更习惯于云恋爱，至于见面这种事，是心照不宣的无限期。

恋爱中的姑娘们普遍拥有一种独立的理性状态，钱给了她们惯于不依赖的底气。口红自己买，包包自己挣。情侣之间的礼尚往来，变成了一种势均力敌的物质交换。连吃饭，都秉承轮流埋单的公平公正。

在已婚恋人群中，这种懒惰体现为：懒得沟通。

有一个很有意思的现象，那些以指责老公为主要内容的公众号文章，能获得更高的阅读量。且据我的观察，很多女性在将这些文章转发到朋友圈时，通常不带转发语，标题即心声。

很显然，这些转发文章的目标受众只有一个，就是老公。

很多已婚女性习惯把这些新仇旧恨，以第三方文字总结的方式，对老公进行警告。

她们忙着工作赚钱，懒得花时间用自己的表达和沟通方式跟老公解决问题。在某些家庭动向的选择上，甚至不需要沟通。

我的一个女友，斥巨资为孩子报了美国奢华冬令营，却遭到老公强烈反对。她的想法很简单：我自己花钱，做了一件对孩子百利无一害的事，我不明白，为什么我的老公会因此和我大吵一架，这是男人的自卑作祟吗？

我自己似乎也如此，在我的现行概念里，能用钱解决的事就不需要浪费时间。比如孩子的作业辅导，交给兴趣班；家庭日的聚餐，交给餐厅。

我认为我是在解决问题，节约时间和精力成本。直到有一次老李跟我说，他宁愿在家下厨，因为想大家温馨地在家里齐齐整整吃一顿饭。

我们作为第一代在物质上与男性平起平坐的女性，产生了两性关系处理上的盲区，有时候会控制不好独立与依赖、能干与强势之间的平衡。

04

当然，我们不可能因为有钱带来的困扰，而"一夜回到解放前"，而是要去思考，当我们的经济地位出现前所未有的平等，我们的思维开始接近于高效、独立、理性的男性思维时，有没有一种循序渐进的方式，让两性关系得到一种升华式的平衡。

因为两性关系中至关重要的一部分，是被需要感。不只一位男性朋友和我垂头丧气地说："对于普通男性来说，要想方设法通过别的办法讨对方欢心，实在是太为难智商了。"所以他们十分乐意给对方买礼物，为所爱之人创造惊喜，从中获得成就感和被需要感。

但当对方回赠一份价值相当的礼物，或者已然自己买花自己戴的时候，他们会产生强烈的挫败感。于是只能靠"多喝水""不胖不胖""你比她好看"这种黔驴技穷的方式苟存于恋爱中。

而女强人的老公们，通常不知道对方到底在干什么。有修养和实力的老公，刷存在感的方式是为老婆摇旗呐喊。而那些还没有从一家之主欲望里苏醒的老公，却可能用争吵、冷落、自暴自弃的方式来笨拙地创造存在感。

还有最后一个误区：大部分女人们理所当然地认为，这种现状事不关己，是男权主义畅行多年的恶果，也是男性需要自我反省、自行改变的问题。

我依旧认为，无论人类社会物质文明与科技发展到什么程度，让智人区别于动物繁衍生息的两性情感，男女双方都需要为之共同努力、进化升级。

我们要健康，要钱，也要很多很多的爱。

开心点吧，朋友们

01

深夜看完东野圭吾的《秘密》，顺手翻微博，看到一个韩国歌手因抑郁症自杀了。我在这之前并不认识他，但这份遗书里透露出的绝望和辛苦，让我顷刻生怜。

那些撕心裂肺的粉丝说，他在自杀前，把所有亏欠的工作都做完了：给姐姐留了遗产，过完他们团所有成员的生日，跑完所有的通告，甚至还签好了器官捐赠书。

抑郁症是一种病，一种求死才能解脱的病。温润如玉的年轻人啊，既然有那么多牵挂与不舍，为何不再等一等呢？

恍惚间很伤感，突然想到李诞的那句话："开心点吧，朋友们，人间不值得。"

02

前段时间到北京出差，在某个小区等人时忽然下起小雨，于是躲在门卫室避雨，和门卫闲聊。

此时雨渐大，来了一个外卖小哥，他用外套盖住外卖盒，肩膀上湿漉漉一片。门卫看到他穿着红色工作服，一改刚才和我聊天的和善，凶巴巴地不帮他刷卡进门："我们领导交代过了，你们穿红色衫的踢过我们大门，一概不给进。"

外卖小哥一脸茫然，央求再三，门卫大哥依旧不松口："你让人下来拿吧，被发现了我会被扣钱。"

很显然，外卖小哥在电话里又被客户骂了一通，这么大的雨，谁又会下来拿餐呢？

他就那么眼巴巴地站在雨里，不知所措，红色工作服被淋透成猩红色，在雾蒙蒙的雨幕里露出突兀的狼狈。我实在看不过眼，和门卫大哥商量让他进去。门卫大哥叹了口气说："你从另外一个门进吧，看他给不给你进。"

我望着外卖小哥僵硬转身的背影，像吃了一口隔夜馊饭，从食道硌硬到胸口。

不知道另一个门让不让小哥进呢？餐盒里的饭菜会不会凉呢？会不会得到差评呢？

我和门卫大哥陷入了死寂般的沉默，只听到雨点打门帘的声响。

人间有许多烦心事，各有各的苦衷，各有各的不值得。

外卖小哥的苦，是背井离乡，寄人篱下，为五斗米看尽脸色，风餐露宿；门卫大哥的苦是不得僭越，为五斗米与人为恶；我在此刻也有苦吧，大约是如鲠在喉，是见到这没有人犯错不知如何评判的苦，不敢追，不敢问，不敢管。

也许，在外劳碌奔波大半月，在这等雨间歇都要默念一会儿会面的措辞的我，并没有什么资格同情别人。

03

"90后"自称"佛系"，有人问我，"80后"算什么派系。我想了两天，"80后"应该是"没关系"吧。

未婚男人们好不容易熬成大叔，发现流行小鲜肉；未婚女人们被贴上"大龄剩女"的标签，即使鸡汤文里再多摇旗呐喊，依旧在现实世界中被鄙视；结了婚的男人们以为自己是中流砥柱，发现单位的"90后"和家里的老婆都比自己强悍能干；女人们兴高采烈披了婚纱做了妈，发现家家都有一个"父爱如山"动也不动的爸……但是没关系啊，这一代独生子女，还是在拼尽全力维持着光鲜体面，坚守着上有四老、下有二小的"幸福生活"，还要殚精竭虑不油腻不松懈，不被这个社会淘汰丢下。

"90后"这个年纪，应该算是苦中极乐之年了。说是看破红尘，在尘世外孤芳自赏，最后却在红尘里摸爬滚打。

从一人吃饱全家不饿，到需要替至亲至爱做决定，就会从玩世不恭、万事皆休的"佛系"无缝对接到没空呻吟的"没关系"。

看一个朋友发朋友圈，说翻遍微信也没有一个能够吐吐苦水的人，到了中年，好像连倾诉也是一种罪过。

这不就是张爱玲说的"眼睛一睁开，周围都是要依靠他的人，却没有他可以依靠的人"？

倾诉除了表现你而立之年后还混得不好、情绪不稳、家业不兴的无能，还能有什么实质性帮助？

倾诉完毕，这厢后悔自己的丑态毕露；那厢房贷、油钱、学区房，还得竭尽全力一件件扛。

那么那些实现了财务自由的精英人杰呢？他们大多都有抑郁。

我见过一夜爆红，却忧心惶恐、吃斋念佛的演员；见过家财万贯，却担惊受怕，出行有保镖，至今未婚的富豪；也见过因分割财产而大打出手，穷凶极恶的世家争斗。

我们好像升级打怪，逃脱了温饱与尊严的底层，又开始一关关渡劫。剥离物质之殇，还有那么多爱恨情仇等着我们。

04

是啊，人间有许多辛苦，那该怎么办？怎么活？

看电影《一个叫欧维的男人决定去死》的开头，我也觉得他有自戕的理由：孤家寡人，生性孤僻，一把年纪被工厂辞退。他当然可以西装革履、温情脉脉看着去世老伴的相片上吊自杀。

但刚搬来的邻居一家，给了他微妙的温暖，屡次麻烦他，打断了他的自杀进程。他在邻居孩子的喜爱里，在邻居一家的需要里，在和已经瘫痪的好友的和解里，在监管社区的责任感里，找到了继续存活下去的理由。

我在那一刻似乎得到了人间苦痛的解药——人若是能接受生而孤独、生而受苦的真相，那么哪怕陌生人之间的些许温情，甚至是被问路的片刻需要，都可以成为人存活于世的理由。若刚开始就认为人生该热热闹闹宴席不散，顺顺利利不见厄运，那最终就处处是凉薄，刻刻是折磨。

毕竟生命这场偶然，谁又能逃得过片中"教堂入口的婚礼和教堂出口的葬礼"的轮回宿命呢？不就是向死而生，靠那些本能信任、亲密关系、刹那人生巅峰来获得生命的意义吗？

这世间的苦楚太多，生老病死、五阴炽盛、怨憎会、爱别离、求不得。我们都在苦中作乐，得到生存或生活下去的片刻慰藉。

所以，开心点吧，朋友，人间有苦也有乐。

别人比你有钱，你会焦虑吗？

01

美团收购摩拜后，创始人胡玮炜套现至少 15 亿的消息在我的朋友圈刷屏。

基本队形是：你的同龄人，正在抛弃你。

亚姐也被各种提问，大概意思是：同为"80后"，请问你对该起暴富事件有何看法？嫉妒不嫉妒？焦虑不焦虑？痛苦不痛苦？

焦虑？亚姐给你数一数这些年碾压过亚姐的同龄人：

嫁入首富家做太子妃，钱花不完，见面就问有没有公司可以投钱的女友 A。

与丈夫一同经营的公司可以上市，但是觉得上市就没时间玩了，于是就选择不上市的女友 B。

上海有 400 平方米平层，带院子、带独立玩具房、喜马拉雅铂金包随地摆放的女友 C。

遁世在香港半山，让司机给我来送礼物的女友 D……

亚姐这几个女友，年龄与我都相差不到五岁，每一个都如胡玮炜，而且她们都不是传说中、新闻里的传奇，是我朋友圈刷屏的真实存在，是可以让我咬牙切齿嫉妒到吐血的同龄人。

你看我至今也没死掉，依旧顽强地和她们做着"塑料姐妹花"。

作为一个"掉队者"，根本没必要焦虑。因为没有胡玮炜，就有张玮炜、李玮炜，这个世界每一个角落都有比你有钱、比你成功的同龄人。

而你，毫无办法。

02

解除这种无谓焦虑最重要的一点就是：你要明白成功是一种玄学，靠运气，靠天赋，最后拼的才是勤奋。

首先是运气。

我很感激我的爸爸，在我年幼懵懂提出关于成名是否要趁早的问题后，他给我讲了一个故事。

我爸是最早一批做房地产开发的下海经商者。那个时候楼市并没有成为暴利行业，我爸勤勤恳恳投标，兢兢业业建楼，商品房质量堪称一流。

当时几个同行经常聚会。有一个脑袋不那么灵光的老板，酒过三巡，和他们喜滋滋地透露，他新买了一块郊区的地。

在座的人面面相觑，大约猜到是哪里，正是那片鸟不拉屎的地。问了问价格，还属于被忽悠购买的区间。

那块地果然烂在了那位老板手里，这件事作为一个笑话在他们圈内流传。直到 2000 年前后，政府大刀阔斧房改，这个笑话突然镀上一层心酸的讽刺。

而那时，笑话里的笑话本人，成了大赢家。笑话里的他人，早就陆陆续续退出了房地产行业，包括我爸。

这就是命啊！

胡玮炜也一样，她是一个有单车情结的文艺女青年，当初只是把好友——汽车设计师陈腾蛟介绍给投资人李斌。

陈腾蛟想做绿色环保自行车，李斌想做四处可以借的自行车。双方僵持不下，于是李斌对胡玮炜说，不如你去做吧。

不知道李斌有没有后悔，被一个听陈奕迅《单车》感动，为了情怀付诸执行的文艺女青年"抢"走了 15 个亿。

这里并没有否认胡玮炜的敏捷和成功，相反我欣赏她身上淡然与执拗的并存，那是成功者的性格面相。只是，摩拜帝国风暴，起风于国贸咖啡厅的这次三边会谈，不是吗？

总有人刚好站在风口，等待着风起而乘风掌舵，平地生雷。而你，只能"可惜和风夜来雨,醉中虚度打窗声"，然后紧紧裹好自己的羽绒服。

第二个就是天赋。我们必须承认，这个世界就是有普通人和天才之分。

天才还分庙堂天才和普通天才。

所谓庙堂天才，在我看来只有他们看不起的领域，没有他们达不到巅峰的领域。用 2011 年诺贝尔化学奖得主丹·舍特曼的话来说就是"想做科学家，必须先成为通才"。

比如爱因斯坦十三岁就看懂了小提琴、声学和曲式学的数学结构，曾作为第一小提琴手在比利时王宫演奏，比利时王后是他的第二小提琴手。

比如达·芬奇，在麦哲伦航行前算出地球直径，还画了一系列设计手稿，什么投石机啦，坦克啦，潜艇啦，迫击炮啦。朋友们，那是五百多年前啊！

所谓普通天才，就是在某一领域无师自通，任督二脉全开的人。

简单来说，就是自带外挂。顶级作家写文瓜熟蒂落，自然淌出；顶级画家并不需要色谱，自然感知黄金分割和颜色调和；顶级商人对商机的敏感，等同于你闻味识食物。

随随便便就有被碾压的案例：我曾经给一个非常有影响力的微信公众号写过广告文，看了他们文章的标题和导语，我深深地体会到什么叫营销天才，对方能从你简简单单的一篇鸡汤文里，准确地找到情绪痛点和转发立场。就问你服不服？

03

最后，才能拼一拼勤奋。

看到这里，作为普通人的你我，是不是感觉到了一种绝望？
其实做普通人，也可以是一种主动选择。选择普通，并不等于选择平庸。

你只要做到能说服自己的努力程度，就已经和你的命运达到了一种情绪的平衡。也是在接受了命运无常之后，一种成功观的平衡。

追寻成功，但不执念于此。并且，成功的定义也并非只有陶朱之富，鸿业远图。它可以是一家人齐齐整整，不开心时有人下面给你吃；也可以是世界那么大我要去看看；也可以是命运多舛、情场多难，鸡皮鹤发时坐在门口晒太阳；更可以是安眠的幸福，是没有负担的自由，是拥有人生智慧的长寿。或许这些，是那些抛弃你的同龄人，毕生最想得到的成功。

人生那么长，没有人能抛弃你，除了你自己。

Part 2

我这样的少女，为何也有中年危机

如何避免成为一个肥腻的中年妇女

01

冯唐先生写了一篇《如何避免成为一个油腻的中年猥琐男》，说"愿我们远离油腻和猥琐，敬爱女生，过好余生，让世界更美好"，我觉得很有意思。

其实不是男人变猥琐了，而是他们的思维还停留在农耕时代，在"女性附属于男性"里意淫着，膨胀着，对比女人的进步，就渗出了油腻。

所以冯唐主动出击："别逗了，我们先照照镜子。"——真是个聪明男人。

如若男人们都能成为有六块腹肌的真绅士，那么我们也可以配合一下的："如何避免成为一个肥腻的中年妇女。"

02

1. 也是不能发胖

如果你少女时的肚腩二两肉还能称作婴儿肥，那么婚育后的腰间"救生圈"就是中年妇女的标志。

总有粉丝孜孜不倦地问我："怎么变瘦？"

怎么变瘦你们心里没点儿数吗？关键是少吃饭多吃点儿苦！健身房就在那里不离不弃，郑多燕和Shaun T在朝你微笑，瑜伽、游泳新姿势在等你解锁。

2. 不要当众吐槽你的老公，也不要只谈论你的孩子

有个糟糕老公没啥大不了的，谁家没有个相看两厌的"大儿子"？数落抱怨是开往衰老的地铁，一趟趟装满的都是怨妇。相信我，人前多秀恩爱，是一种完全可行有效的心理暗示，特别是在老公在场时。

只讨论孩子？大概这是祖上用来劝诫女人的话：女人的日子过的就是孩子的日子。几十年过去了，部分妇女们依旧遵循此道。

我知道每个孩子在妈妈眼里都是独一无二的，笑一笑闹一闹，人间四月天。这是基因自带的母性，放在内心窃喜就够了。

如果三句不离孩子，那可就显得你的人生乏善可陈了。除开亲子闺密局，多聊聊天气和新电影吧。

3. 有一两个男性朋友

很多女人婚后就克己复礼，严防死守，对所有异性都目不斜视，唯恐自己被判定为水性杨花，朝三暮四。

这不但对红杏出墙没有管制作用，还会让你常常陷入两性困局：你说老公是混蛋，闺密说是是是；你说老公不听话，闺密说唉唉唉；你说老公出轨了怎么办，闺密说离离离……顺毛摸驴，毫无建设性。两性本来就来自两个星球，你需要有个男性朋友站在男人角度分析问题所在。

除了帮你解两性困局，男性因基因里有自带的果敢和执行力，会帮你在性格上查漏补缺。

4. 要接受新事物、学新东西

不懂 AI 和引力波没关系，至少你要知道有什么事会影响人类的未来，或正在影响人类的现在。文学、艺术、天文、地理，哪怕懂得最新的网络用语，认识流量最大的艺人，也是有着一种不介怀新事物冲击的开放心态。

最怕你低头捡六便士，或者连六便士都没有，只是固执地抱残守缺，觉得除了家中一亩三分田，新事物都是豺狼虎豹。年轻时尚且会学习日益更新增长的文化知识，婚育后诸事缠身，渐渐就放弃了学习。

假若你的大脑和时间是恒定数，进不来新东西，那么就只能囿于厨房和儿女情长了。

外语、搏击、乐器、品茶、插画，无论学什么，都会给你源源不断的新血液，让你逆生长。最起码，你要抽时间读书。

我有一对"母女粉"，我特别敬重那位妈妈，因为她一直在和二十岁的女儿一起学习，哪怕学习的只是前沿美容仪的高科技，这样的她又怎么会成为肥腻的中年妇女？

5. 不要太操心

中年女人大部分的烦恼来自太操心：老公的应酬、孩子的学校、爸妈的度假、公婆的红包。柴米油盐酱醋茶……填满了她们的生活。

你说那怎么办呢？

也许你应该权力下放。问问自己，是不是不放心老公、公公、婆婆，事必躬亲，才养出了一个丧偶式伴侣。

6. 不要再滥用自己的性别优势

二十岁出头，在工作中犯错时，你小鹿奔跑，鹌鹑撒娇，水灵灵的大眼睛满是愧疚，领导不愿再责怪你。

年轻时的轻易被原谅是因为"小姑娘不懂事"，三十几岁不要轻易用"美人计"了，岁月让你变得不卑不亢，愿赌服输，你怎能随意折腰。

最重要的是：现在的你，万事临头，都应用智慧取胜，而非外貌。

7. 杜绝中年妇女的猥琐

别认为只有男人猥琐，女人猥琐起来可能更甚。

这样的女人通常有几个特质：爱打听别人的隐私、爱攀比、爱嚼舌，爱对年轻女人以过来人的身份指手画脚。

这些中年妇女将变成未来占篮球场跳广场舞的主力，公交车上攻击年轻人不让座的"扛把子"，还有大骂儿媳的恶婆婆。

8. 能力之内，用最好的

舍得在自己身上用好的东西，你就会变得开心自信。这是一种悦己的精气神，是任何廉价物无法替代的提气解乏。

9. 永远不要放弃美的权利

前两天和好友去买衣服，好友看中一款睡衣款丝绒裙，上身试得欢天喜地，回家被男朋友说买了两件睡衣，她顿感伤怀。

闺密说新买的连衣裙老公嫌短，认为她应该认清自己人妻的身份。

粉丝留言说婆婆含沙射影问她每天化那么浓的妆，到底是要去哪里上班。

所以世间多了那么多委屈的中年女人，一边抱怨自己韶华逝去，一边唯唯诺诺向世俗势力低头。女为悦己者容，是一种顺便的礼貌，女人的美，永远是用来取悦自己的。

10. 保持单身力

单身力是亚姐一直贩卖的价值观。大家曾让我用一句话阐释"单身力"，我想了想："我对自己的爱很满，满到可以随时接受你的到来和离开。"

《20 30 40》里，四十岁的Lily被出轨离婚，吃不消新男友王的欲火，对老同学张世杰的爱又是一厢情愿。她对着镜子愤懑地说"我是个被抛弃的人"，然后平静下来刮腋毛。

被抛弃又如何，我刮好腋毛随时再战！那么，请像Lily那样，有一家自己的花店，并保持刮腋毛式的自我美貌要求。

03

女人走到中年，哪个不是慌里慌张：法令纹和白头发增多，雌性荷尔蒙和性生活减少；孩子在闹，老公在笑；年轻女孩说你已经老了，婆婆妈妈说你还年轻不懂事；下属说你观念过时，老板嫌你没激情。

你好想褪去一身疲累，干脆做个肥腻的中年妇女算了。

别担心，年轻的女性也终归会变老，中年男人的日子也并不好过。时间和身份都在做加法，我们一起慢慢修炼。

愿我们远离肥腻和庸俗，关爱男人，过好余生，让世界更美好。

我这样的少女，为何也有中年危机？

01

最近亚姐身边掀起了"中年危机热"。众多有钱、有貌的精英男女争先恐后地表达对生命矫情的控诉："我觉得什么都好没意思啊！"

亚姐不是来反对他们的，因为亚姐就曾是他们中的一员。是的，亚姐这样的已婚育少女，也有中年危机。

亚姐前段时间办理签证，填了一张表格，发现自己的出生地、户口所在地、工作单位、现住址、邮寄地址天南海北，好像三十岁之前，亚姐都在不停地挣脱，不停地逃，把生命那条线做成有弹性的曲线才肯罢休。

直到两个孩子需要稳定的教育环境，这才择一城尘埃落定，从此煮字疗饥，卖文为生。或见纸媒堆砌辞藻，卖弄生僻学识；或见公众号嬉笑怒骂，撒娇打滚。而这数以万计的文字，都自港村一方小小的书房输出。

我无数次见过凌晨五点的香港，霓虹不再，斑马线焦黄惨淡，这座城市和我的内心一般氤氲氲氲。伴着薄雾日出入睡，那段时间我总会梦见两个场景：

1.夏日傍晚，我在大学宿舍里刚洗完头，发梢滴着水，我穿着廉价的睡衣去阳台晒衣服，对面是荷尔蒙爆棚的篮球场。

2.我和老李在海德堡大学城踩着石板路，手挽手依旧抵挡不了十月的寒气，于是我们随意进了路边一家咖啡店喝咖啡暖身。

这是两个在生命中切实发生过的具象场景，醒来之后恍如隔世。我分析了一下，我的潜意识在怀念两件事：

1.浅薄的，但关于未来、爱情、世界无限可能与想象的青年时代。

2.新鲜的环境、富裕的时间，可以随意浪费人生的自由阶段。

我的闺密们认为我学心理学学成了傻子，分析自己梦境的行为太自恋。她们集体给出的答案是：当你回忆过往时，你就老了。

后来我发现，我的分析和我"变老"其实是同一件事。下面我通过几段话来分析这件事。

02

1.美国华盛顿大学医学院教授史蒂文·N.奥斯塔德曾经对"老"有一段诠释：

以美国女性为例，在其一岁时，死亡率是千分之一，到十岁左右时，这个概率降到了四千分之一，然后生命又开始变得危险，死亡率在十二岁时开始增加，到了三十岁左右，生命变得和出生时一样脆弱，从此以后，持续变坏。老化，从死亡率最低的那一刻算起，是合理的。所以在美国，老化应该始于十二岁。

教授的研究证明了一件事：我们可能从十二岁就开始变老，生命自此走向衰老。

2. 英国女作家多丽丝·莱辛在《特别的猫》中说过这样一段话："在过了某个特定年龄后，我的生命中已不再遇到任何新的人、新的动物、新的面孔，或是新的事物。一切全都曾在过去发生……未来一切全都是过往的回音与复诵，甚至所有的哀伤，也全都是许久以前一段伤痛过往的记忆重现。"

这段话阐述了一个现象：我们在不断重复人生。

3. 村上春树谈老去时说："老去，头发稀落了，性能力低落了，百般不顺，但至少有一个好处是不再大惊小怪，因为生命里的许多悲喜剧已听过、见过、经历过。"

村上的这段话又佐证了多丽丝的话，同时又反证了一点：当我们不断重复着生活，不再大惊小怪时，我们就算是老了。

这三段话整合起来就是：从十二岁开始变老，三十岁就持续老的状态。这个生物学上的结论从现实上来说也是成立的，因为十二岁开始，我们就会逐步经历月经初潮／遗精、情窦初开、上学、步入社会、结婚生子。

背叛和温暖共有，顺遂和挫败并存。爱别离、怨憎会、求不得，好像这世上没有什么能引起内心巨大波澜了。

所以所谓"中年危机"，实际上是老化的顶峰。对一切不断重复的事情毫无波澜，所以才会怀念那些未知性最浓烈、又不用背负责任的时光。

03

这种"中年危机",未必和年龄有关,而是当你把人生所有必经之事都尽数经历,遇事不慌张也不再惊喜,在这个时候,你就会对世界、生活和自己的关联产生怀疑。

这比"上有老,下有小"的生活压力来得更汹涌。它的汹涌在于,它是内敛式的、无形无色无状的,它是会让人感到无能为力的,你无法通过具象的付出和努力与自己达成和解。因为过去已经发生,你无法欺骗自己"我仍旧热情蓬勃"。

说白了,不仅仅是人生阶段稳定了,你的精神世界也稳如磐石了。你陷入了不自控的冷淡、孤独、无谓中。这对灵魂天生躁动的人,或者对人类这种群居动物来说,是灵魂上最大的天敌。

对细腻、敏感、矫情的女作家来说,更会有一种江郎才尽的边缘感。

我通过几件事来缓解这种"中年危机"。

1. 要出国旅行,走出自己的生活认知范围

我观察过我的孩子,他们为何对生活充满过剩的好奇心和热情,因为他们只有年份为个位数的人生经验,走过路过之处,都有他们从未见过的东西。

放在成年人身上,要获得同样的体验,就要出国旅行。这并非崇洋媚外,而是国门之外有着截然不同的文化和生活方式。

它会改变你对世界的刻板印象,比如,布拉格广场根本没有许愿池,蔡依林的歌是骗人的。

它也会让你的人生充满好奇感，比如，为什么佩特拉古城上代表上帝的图案是方形而不是圆形？

这些异地旅行，会打破你生活认知范围内的稳定，让你的生活泛起涟漪。

2. 要看杂书，走出自己的认知范围

亚姐从小爱看书，但都是看小说，因为小说看着不累，有故事代入感，也能产生共情。严肃文学剥开最真实的血骨，通俗文学展露最美好的泡沫。

但到了某个年龄段，你会排斥任何小说，因为戏剧来源于生活，而生活本身更加鲜血淋漓或光怪陆离，你似乎到了一个无法被撼动和感动的真空中。

那么，看杂书吧。宗教、物理、财经、医学、轻科普、历史、艺术乃至美食，每一块领域都有其迷人的奥妙。当一个专注于自己领域的人，拨开隔山的雾霭，见到巍峨高山，就会心生渺小而视野开阔。

这些杂书，能打破你知识结构的稳定，让你的思维离开舒适区。

3. 事业上眼光放宽一些，挣脱自己的瓶颈

很多中年危机，都是因为事业的稳定——既舍不得积累而来的现状，只能被挟持着精进，又会有画地为牢的窒息感。我也曾进入过创作丧失期，通常在创作爆发期之后，形成的落差又再次深化了自我怀疑。

我解决的办法是东张西望，看看除了写文，我还能做什么。于是才开始筹划环球旅行作为固定活动，才开始参加各种节目录制，才开始准备各种新书活动。

这丝毫不会影响你的专业度，拓宽周边，有了新鲜的体感和各种横向可能性，最终会反哺你的事业。

4．试着和不同的人接触，拓宽你的人生经历

我发现中年危机的一个现象是：大家懒得去社交，来往的朋友就那么几个。像我这么凉薄内向的人，一直如此。

后来我逼着自己尝试去和不同领域、不同阶层、不同价值观的人接触，真的能得到更多的思考，思考那些荒谬的、痛苦的、精彩纷呈的、无法言述的人生。

每个人的人生故事都既多又长，你们能读懂对方的关键，就是彼此的信任和交流。

你会变得更有生命力，也能得到比观看一场电影更多的人生体验。你会更懂得共情宽容，并踏踏实实感受到，自己是群居动物里的一员。

我们要对抗的不是中年危机，而是一种比中年危机更可怕的壮年老化甚至是死去。如果不能正视它、解决它，铆足劲儿去抵御这种生命的本质性无聊，那么我们终究会放任自己就此无聊一生。

最近有朋友迷上了宇宙，他买了天体相机，每天都让我们在朋友圈接受各种星云的科普。

我们开玩笑说："听说一个男人如果开始痴迷于某种爱好，比如摩托车啊，音响啊，盘串儿啊，天体摄影啊，说明他已经没有性生活了。"

他好像接受过无数次这样的"关怀"，身经百战地回答说："也不全对。就是人到中年，要找点儿事情干。我小时候就喜欢宇宙，现在有条件了，就开始研究。"

"你知道吗？"他眼睛里都是星光，"你拍宇宙的时候，看到三千万年前的光，你会感到敬畏。"

话题一下子进入到中年人难以启齿的情怀领域，我们突然有点儿无所适从，我们中年人哪有资格谈什么"仰望星空"？我们只配低头捡起便士。

小时候幻想的中年人，还有点儿浪漫的味道。

比如《两小无猜》中的于连，一个家两个孩子三个好友四笔存款，每天都程序化地倒垃圾亲吻妻子，再开着中产标配的车去上班，连路上的时间都能卡得分毫不差。

所以，当他的青梅竹马苏菲回来跟他玩"敢不敢"的游戏时，他的激情被顷刻点燃，最终和她在水泥浇灌中拥吻。

宁愿生命终结，也要完成这场抵抗中年危机的行为艺术。

小时候想：哇！中年人的浪漫。

等我到了中年才发现，电影艺术确实高于生活。现实生活中的大部分中年人，哪有什么苏菲肯陪你殉情，也没有《美国丽人》来勾引，我们中年危机的解决，必须要臣服于生活稳定。

作为上有老下有小、分身乏术的中年人，作为动不动被称为油腻和肥腻的中年人，我们好像接受了这种设定：我们没有资格和心理空隙去学习新东西，去对世界仍保持好奇。

为什么拿性生活来调侃？因为性生活本身也是中年人岌岌可危、心照不宣的生活项目。可有可无的部分，拿来戏谑中年的惨淡，再合适不过了。

我们中年人确实很惨，但我的"田野观察"是：中年是人生中学习新东西需求最旺盛的阶段。我们突然爱上点儿什么，和性生活真没直接联系。

我最近在上英文口语课，每天一对一一个小时。我给自己定的目标是：除了地震、火灾、海啸这种不可抗力，不得缺席。

于是高铁上我念念叨叨，被误认为是英语老师；出差失眠吃了安眠药，呓语梦游也要和老师扯扯英文闲篇儿；忙到深夜，把老师从床上拉起来讨论。

老师很感动，经常把我作为正面典型，和她的学生们炫耀："你们看看，中年人都能如此用功学习，你们不为自己感到羞愧吗？"

老师因为经常见到我蓬头垢面、哈欠连天的场景，语重心长地跟我说："要不今天就算了？不要太勉强自己。"

我说："不，老师，你误会我了，我不是强行完成任务，而是英文口语课的这一个小时，是我目前人生中唯一一件让我觉得自己的人生在往前走的事。"

假如我的生活里没有这一小时，我会陷入无穷无尽的焦虑中，这一小时是我的刚需。

我的生活每天都在重复，三餐一宿，儿子女儿；书房电脑，笔耕不辍；对镜贴花黄，每一寸皮肤都是功课；又或是行万里路，风光旖旎，却行迈靡靡，中心摇摇，无法全然享受，硬着头皮光鲜亮丽地记录。

无论我做什么，都需要围绕自媒体日常运转。写作、内容、传播、电商、黏性。看似没有约束的职业，实际上与办公室两点一线别无二致，都是一样莫比乌斯环式的生活。

只有这每天一个小时的口语课，和做妈妈、妻子无关，和做意见领袖无关，和我的生活无关，它可能没什么用武之地，但我觉得那是生活土壤里陡然生出的枝丫，戳破了我的闭环。那是新鲜空气，是生命还在生长的证明，是人生的星火。不为考证，漫无目的；不是装饰，毫无功利，就只是寻求涟漪的主动行为。

要说它有什么必然性，那便是我小时候的一个缺憾，我想要完善它。

年轻的时候，你觉得梦想来日方长，小瑕疵无关痛痒，到了中年才明白，人生苦短，统共两万多天，所剩寥寥。

瑕疵不补就成了遗憾，梦想哪怕浅尝辄止，也算不枉此生。所以越是鸡毛蒜皮铺天盖地，越是要在夹缝中为自己争取一线时间。

我的朋友们更夸张，他们学的东西，比自己孩子学的还花里胡哨。有学吉他的，有学爵士舞的，有学潜水的，还有人去考直升机驾驶执照。

问他是否暴富，下一步计划是否是购买私人飞机，他谦虚地说："不是，小时候的梦想就是做飞行员，在学的过程中，体验一下就满足了。"

所以，当你看到一个中年人学习了新东西，莫名其妙地"务虚"，他很可能只是在自渡，在捡起便士的缝隙里，抬头看一看星空；挤出时间，为自己的年少轻狂、浪掷光阴埋单。

我们体力上或许有些吃力，但中年人的突然痴迷，是最忠于自己内心的一次。

人嘛，总是需要一些形而上的东西去对抗虚无，对于久在柴米油盐酱醋茶里来回往复的中年人，那是救命稻草，那是属于中年人盛大的浪漫。

后来在群里聊天，那位中年"大叔"又聊到星空，我的眼眶猝然发热。

这部电影说，女人高潮也可以靠自己

我决定去看《送我上青云》，是被预告片里那句"我要和你做爱"打动的。这句话没什么了不起，但能从大银幕里的中年女人嘴里说出来，太不容易了。

看完后，同行的"90后"小姑娘叹了口气："同样是文艺片，更喜欢贾樟柯那种。"

"哪种？"

"你能从贾樟柯的片子里看到更大的东西。"

可我偏偏喜欢的就是《送我上青云》的"小"，它没有高屋建瓴的时代物语，也没有尽善尽美的人性歌颂，也没有金玉其外的中女生活。

它拍的就是我们。

三十岁的盛男，事业上还是十几岁心智的愣头青记者，清高务虚，一肚子知识只服务于她认为的正确。

生活上还是单身，两年没有性生活。

原生家庭上，爸爸出轨十年不着家，妈妈是个娇滴滴的小公主，盛男从小连生病都是她自己的错，是麻烦。

更难的是，她三十岁了，一个博士辍学高知女性，居然还没能嫁出去。人生真的河东河西无缝对接，盛男的学历大抵也曾是父母的门面，三十"大限"到来之后，就被钉在了咬牙切齿的耻辱柱上。

想起《面纱》里的凯蒂，年轻时母亲以她的美貌为荣，大宴宾客，眼高于顶。过了二十五，"无论眼下和谁结婚，母亲早就不在乎了，只要她尽快嫁出去就行"。

盛男的故事多么真实，不就活生生地发生在你我身边？事业是维持生计的自我循环和自我欺骗；恋情遥遥无期；原生家庭不可说，从前是泪，往后是负累。

只不过，从大银幕看去，当稀松平常的我们被放大时，就有一种不配做主角的羞耻违和感。

女主角应该如何？应该雷厉风行，锦衣玉食，女主角永远有护花使者两肋插刀，助她上青云，做王者，哪怕她只是一个北漂。

盛男做女主有她的道理，她虽然不够高级，但足够惨啊。

两年没有性生活的她，得了卵巢癌，手术费要三十万，她只有三万存款。她不想告诉父母，为了赚取二十七万的手术费，她的男闺密给她接了个活儿：给一个土豪的老画家父亲写自传。

男闺密又告诉她，做完卵巢手术可能会失去性快感。

对一个女人来说，性快感从一种自主选择放弃，到不得不放弃，是两种截然不同的失去，这激发了盛男余生所有的性欲。于是她在写自传的过程中，一直在寻找那个可以给她最后鱼水之欢的男人。

她找到了刘光明。

刘光明像个天使，给了她灰暗生活里最后一点光明，他们一起谈文学，谈艺术。刘光明口若悬河讲着《红楼梦》时，盛男一句都听不下去，眼里放着光说："我要和你做爱。"

讲出来盛男也觉得羞耻，于是加了生病的解释。

到这一步已经扎心了，性吸引力不够，卖惨来凑，这是性伴侣选秀吗？更扎心的是，刘光明听完解释后撒腿跑了。这可不是欲拒还迎，因为，他跑得比兔子还快。

盛男气疯了，她跑去骚扰男闺密，要跟男闺密上床，以解心头之恨。男闺密也拒绝了她，用的理由笑死我了，他说："我怕你经历了我这么好的之后，没办法再回到从前。"

男闺密居高临下，比刘光明还伤人。

盛男把注意力重新放回到赚钱保命上时，她又遇到了刘光明。原来，刘光明竟然是土豪的女婿。

土豪一家子都看不起这个书呆子，让他当着宾客和盛男的面，秀他的拿手绝活——背圆周率。在土豪看来，这个女婿，无非是女儿看中的玩具，百无一用，就当吃点儿亏拿钱买女儿高兴。

盛男敲响了火警，中止了圆周率的魔音。她在岸边狠狠亲了刘光明一口，这是对刘光明短暂爱恋的告别，也放过了自己。

盛男还以为是自己魅力不够，吓跑了坐怀不乱不乘人之危的君子。一个能在酒席上背诵圆周率的刘光明，尊严薄得像层糖衣。他的逃跑，无非是碍于土豪女婿的身份，沉没成本太高，他冒不起这个险。

盛男的惨，我认为到这里就结束了。再往后的戏份，在我看来是"大"的，关于小人物的自我"大救赎"。

老画家去世前告诉她，他写自传不是为了自己，是为了那个讨厌的儿子，他儿子比他更需要这本书，好作为身份的一枚勋章。

盛男最后做了手术，是父母送她进手术室的。我觉得她在用自己的方式，用放低姿态的接受，与身边的人和解。

她在那之前，还是和男闺密上床了。

我喜欢这种设定，即便她认为那不对，即便她知道男闺密轻视过她，即便男闺密只是报复她偷换了他的西装。她在挣扎之后顺从了。

顺从了自己的欲望，并且享受它。我们都希望看到烈女，但很遗憾，我们生来就有单纯的七情六欲，女人也会因为欲望而犯错，况且，那根本不算是法律层面的错误。

最耐人寻味的是，完事儿后男闺密在一旁絮絮叨叨说着自己刚才的梦境。而盛男，就躺在他旁边自慰。

这一幕，让男闺密前半段的大言不惭变成了巨大的讽刺。我认为盛男在此处也得到了某种意义上的救赎。

高潮，也可以自己给自己。

"韶华休笑本无根"，无根又怎样？人世间谁不是随风春絮儿。"好风频借力，送我上青云"，借的力是自己的。

我喜欢这部电影的最大原因，是因为我在里面不但看到了"小"，还看到了"灰"。

盛男当然是灰色的，她不是完美女主角，甚至执拗到讨厌。她不知好歹撕掉自传合同时，我看到了《三块广告牌》里科恩嫂的影子。男闺密也不是那种情比金坚的痴情男二号，他好色贪财。他不愿意借钱给盛男，因为可能死无债收。他给盛男介绍了救命的活儿，也不忘收佣金。刘光明也有他的气节，他跳楼了，虽然没死成。土豪市侩鄙俗，但对父亲百依百顺。

是的，我们的灰，有一些掺杂了我们与生俱来的恶，有一些，是我们生活在这个漏雨穿风的屋檐下不得不低下的头。谁不愿风调雨顺，春风得意，高风亮节呢？

所谓自我，不过就是本我匀了超我，本性与想象中的品节，全面博弈的动态过程。在这博弈过程里，还要看生活的脸色。

终于，在一部国产电影里看到了真正的"自我"，你可以不认同这些角色，但是你竟然可以理解他们。

就连盛男的妈妈，那个十九岁就生孩子、守了十年活寡、五十多了还想让女儿亲亲抱抱的老公主，都有自己的夕阳恋情。电影没交代他们具体怎么发展，只看到和画家见面后，妈妈收到了匿名短信；妈妈满面红光在画家面前跳广场舞；妈妈在画家死后失声痛哭。

她和盛男的爸爸没有离婚。她五十多岁了，遇到了一个欣赏她的老头，她的心动，电影没有吝啬笔墨。年长之人，也有资格走完一场完整的感情线。

缺点当然有，但我不想说，也不必说。《送我上青云》是中年女性拍的中年女性的生活，它值得我们去支持。

"支持中年女性"——这是我强加于它的意义与噱头。假若这是她们的意向，那么，呈现在我们面前的，就不会是一部缓慢、晦涩、充斥着暧昧氤氲的文艺片了。它可能是轻快的、积极的、雅俗共赏的商业片，也不用我来推荐了。

她们真的在耐心观察、徐徐倾诉、悠长等待，让真实的中年女性渐渐浮出银幕，也让中年女性银幕外的实力回归到惊鸿一瞥的灵性，而不是儿女双全人生赢家那套。

中年人撒个娇还是可以的吧

前段时间我的一个女友和我打电话，哭哭啼啼的。原因是她老公去东京出差，她想带孩子跟着去赏樱花，老公皱着眉说："我又不是去玩的，你别去了。"

她一生气就把孩子往爸妈家一送，自己一个人飞去大阪赏樱花。她坐在天守阁看着旅人如织，樱花似雪，泪水潸然。

整整一周，她和老公都在日本，各忙各的，也没碰头。

"我以为他至少能坐个新干线来看我。"

我们做惯了意见领袖的人，有个很大的毛病就是不自觉地好为人师，尽管我经常提醒自己不要这样，但面对好友还是不由自主说出了自己的想法：

1. 他确实是去工作的，你去不合适。

2. 你想去你就自己去，想一家人去就另寻时间。

3. 基于以上两点，你后面的行为与情绪都属于咎由自取。

4. 大家都不容易，他也想陪你啊。

5. 哭什么哭，有买樱花限量版吗？

女朋友一句话没反驳，嘟嘟哝哝地说："我知道怎么做是对的，但是我不管，我现在就是要不高兴。"

我的对应情绪——"你怎么那么不懂事？"——不耐烦——无奈——"我还有一大堆工作要做，你到底是想干吗？"

挂了语音电话，大脑却被那句"我知道怎么做是对的，但是我不管，我现在就是要不高兴"填满了，魔音循环，内心比胖了二十斤还沉重。

她不是求解决，只是想撒娇。她不是不知错，只是不想认输。她不是生谁的气，是对生活的无名火。

年轻人唧唧歪歪配上痛饮啜泣，不是落得个"年少轻狂"的写意宽容，就是"梨花带雨"的诗情体谅。

还年轻，不懂事，发泄发泄情绪，难免。

可是中年人怎能不知道生活的真相，条条框框密密麻麻都是处世之道、情商之选。你老老实实按部就班就能获得美好生活，又有什么资格任性妄为？

我突然羡慕起女友打的这通电话，她至少有勇气向另一个中年人撒娇，即便知道于事无补纯粹添堵，知道对方也汲汲营营自顾无暇。

而中年人需要保持的"体面"，不过是彼此心照不宣不戳破真实处境罢了。

一来中年人的痛苦大部分是鸡毛蒜皮，往四周看看都相似，也就觉得这些痛苦本身就很矫情，开不了口。

二来这些痛苦来源于加法的代价，中年人有老有小有工作有生活，拥有一切，也就拥有了一切带来的痛苦。一个人如果拥有玫瑰，又为玫瑰上的虫子和刺抱怨，太贪心了。所以，这些痛苦还是不可说。

三来这些痛苦绝大部分无法解决，生老病死自然规律，家长里短从无公允。能解决？能改变？能逃避？连倾诉都多余。

就像我解决不了女友远方和苟且不可兼得的问题，她也解决不了我儿子小学没面试上的问题；就像男人解决不了女人婆婆来住了半年不走的问题，女人也解决不了男人股价下跌水果涨价的问题。

我们最常见的自我安慰方式是疯狂消费，然后把买来的东西放在家里落灰；换个环境散散心，然后在海滩打开电脑继续工作；找个朋友喝下午茶聊八卦，然后五点各回各家各接各娃；独自啜饮以为"醉来赢取自由身"，然后翌日头痛欲裂赶打卡。

中年人的痛苦，是需要视痛苦而不见，噤声如哑，继续砥砺前行。

又有多少人能像小S那样，对着镜头咿咿呀呀痛哭流涕，再若无其事踏入综艺真人秀插科打诨？

我们大部分人拿起手机，都找不到一个可以撒娇的人。连望着爱人伴侣，都默默收起情绪，毕竟他也有他的不容易。

想起我的另一个女友，离婚带孩，有个多年男友。男友要结婚了，准新娘不是她。因为他父母不能接受她离异带孩，他妥协了。

女友崩溃了，半夜里和我打电话说："他很喜欢孩子，对我儿子很好，所以我要在套套上戳个洞，奉子成婚。"

我说："你疯了。"

我挂了电话，再没去关心她。

她当然没疯，没去执行。三个月后，她高高兴兴漂漂亮亮地出现在客户招标会上，朋友圈热热闹闹乐乐呵呵地发着和儿子的日常。

体面，静水流深。

我突然很想大哭一场，想回到她语无伦次给我打电话的那晚，静静地听她说完那个疯狂的计划，默默陪她哭。

中年人改变不了什么，撒个娇总是可以的吧。

浪漫杀手——中年妇女?

01

上周在东京出差,最后一晚在东京港区的Fish Bank TOKYO(汐留高级中餐厅)吃晚餐。四十一楼,鸟瞰东京塔美不胜收,各国服务生春风拂面,玉馔珍馐入眼胜画。

我们两位中年妇女和一位已婚少女都吃得相当尽兴。

最后的仪式很有意思,服务生推着一辆巧克力喷泉车到我们桌边,我们可以自主选择草莓、棉花糖、菠萝等裹上巧克力,当作最后的甜品。

这个时候,少女不开心了。她表示她那位新婚燕尔的老公,从来没有带她来过这样的餐厅。

我们两位中年妇人面面相觑,表示这根本不是问题,"你想来你就来嘛,你想和他一起来就约他来嘛,何必让这样的纠结情绪影响如此美好的夜晚?"

少女一脸震惊,表示自己主动就不浪漫了啊!"你们中年女人怎么那么不浪漫啊?是不是长到你们这个岁数都会变得这么不浪漫啊?"

不不不,不是我们中年女人不浪漫了,而是我们的浪漫已经上升到一个无性别差高度。

比如说,这样的良辰美景,东京塔触手可及,服务生笑容可掬,对座窈窕佳人，一期一会就很浪漫啊。

再比如，我昨天见完客户，从大楼里出来，看到银座漫天飞雪，华灯初上，纯粹皎白与斑斓霓虹交相辉映，我的皮肤感受到一种冷暖交织的奇幻温度，也很浪漫啊。

再比如，我在家哄完孩子睡觉，坐在马桶上泡着脚，翻到伍尔夫写的"人们不该把镜子就这么静静地悬挂在房间，就像绝不该把空白支票簿或写下了自己不堪罪行的坦白信摊开放着一样"，再抬头被镜子中自己涂面膜的脸吓到失笑，这应景的意外多浪漫啊。

等再过几年，你对婚姻熟悉了，就会发现，你竟如此渴望一个人的浪漫。那是升出水面的呼吸芦苇秆，是狭缝里生根的一撮土，是乌云透出亮的一丝光边，那比两个人的浪漫金贵多了。

你还会发现你等不到浪漫。不怪对方，这是双向的妥协，生活太忙。你也没时间去计较，去纠结，去患得患失。

你可能暂时不理解，为什么中年女人会在节假日指定礼物款式让老公刷卡，走一走形式就心满意足。因为我们终于明白，倒腾来倒腾去，钱不都是自家的？

同样，情绪与时间也是自家的，假若有突如其来的仪式感，也值得比恋爱更深刻的珍惜；假若忽略遗忘，你们也已互生了体谅，明白这不过是汲汲营营共生下的不得已，那就手牵手去补一顿晚餐，换一个高级的地方讨论孩子的学习。

夫妻夫妻，俗里俗气里都是不容易。

可能更加让你瞠目结舌的是，我们中年妇女不仅不苛求浪漫，有时候还害怕浪漫。

02

前两天，合伙人 Cindy 和我约了一个青年导演吃饭。吃完饭我们沿路走，导演看着路边卖唱的小男孩说，明年他要卖了深圳的房子，买辆房车，带着老婆和十个月大的儿子，游历中国所有的城市、乡村，到时候，在路边卖唱的就是他了。

"我是音乐人出身。"他转头骄傲地跟我说，等待我的惊叹。

我："那要抓紧唱了，孩子三岁要上幼儿园了。"

他："我们不上幼儿园，什么时候跑完什么时候再上。"

我："哦。"

诗与远方的对谈进入死局。我试图临场发挥挽回局面："那么，你什么时候靠近香港卖唱了，和我说一声，我来……扔点儿钱？"

和导演尴尬分别后，一直旁听闷不吭声的 Cindy 说："哎呀，他的老婆孩子真受罪啊。"

还在后悔自己方才不识抬举的我，头如捣蒜，把内心的几点想法迫不及待地说了出来：

1. 吃喝拉撒不谈，孩子在游历期间一旦生病，怎么办？

2. 学习不学习另谈，行万里路也是世面，但是孩子接触不到惯常的社会环境，缺乏与同龄人的相处经验，无论延迟几年上学都是个问题。

3. 情愿不情愿另谈，老婆跟着跑，黄金三五年浪没了，要边浪边工作，只能走旅游达人这一条路了，但是沿路还得带孩子，难。

4.学区房不谈，回来房子没了，剩个房车，信用卡地址都没法填。胖手胝足几十年，一夜回到租房前。

不行的呀！

我们在这四条的基础上，进一步讨论到网购的不确定性、探望父母的可能性以及社会活动的不便性。顺便还讨论了一下深圳的房价回暖是否会对大湾区整体经济产生影响，我是否要采取必要的应对措施。

不要以为我们在意的都是一些细节，正是这些细节，组成了我们中年妇女的生活，任何一个都是难以脱身的泥潭。

也不要以为我们生来乡野村姑，眼里只有满地的六便士，Cindy恰好曾是那个陪流浪歌手在东南亚四处流浪的嬉皮姑娘，我曾经也是个可以骑行越野摩托上山下海舍命陪君千里的女侠。

外面的世界很大很美，湖光山色、云海翻腾，风月无边。这浪漫因为只涉及双方，再加上青春期荷尔蒙驱使，磕磕碰碰也甘之如饴。

可同样磕碰放在中年妇女身上可不得了，牵一发而动全身，你得像个有无数 USB 接口的充电宝，时刻维持自己的能量，负责供给父母孩子。不能坏，也不能透支电力。

浪漫这东西，是高端奢侈品，我们中年妇女用不起。

我们中年妇女，只会象征性地在浪的边缘频频试探，偶发性说走就走任性妄为。一旦可能引起生活基层的颠覆运动，再浪漫的行为都会被立即执行"死刑"，剥夺浪漫权利终身。

03

你要问我们中年妇女最浪漫的事是什么？绝不是在轮椅上慢慢摇。而是我在上海出差，想家，老李爽快地带着两只"熊"到上海来探班。过了十二点，他坐在床边对着尚在工作的我说："结婚纪念日快乐。"

我爸妈也即将在第二天到上海与我们会合。

我坐在电脑前泪流满面，觉得我是世界上最幸福的女人。

我有热爱的工作，我在为此拼搏；我的老公记得结婚纪念日，且体谅我忙忘了；孩子们的鼾声此起彼伏，正在睡梦中长身体；我的父母，健健康康，可以开两个小时的车来看我。

有事做，有人爱，有希望，父母在，齐齐整整，就是中年妇女最大的浪漫了。

老朋友不知道你的新情况，新朋友不知道你的旧脾气

01

朋友突发感慨："你觉不觉得，现在我们处于朋友真空状态？"

我："那我是谁？在和谁说话？"

朋友："我在网上看到一句话，说'老朋友不知道你的新情况，新朋友不知道你的旧脾气'，觉得很有道理啊！"

我："那你觉得我脾气怎么样？"

朋友："撕天撕地，堪称暴脾气界的'泰迪'。"

我："这不就得了，咱俩认识才半年，你知道我最近买了什么衣服鞋子，跟老李闹过几次矛盾，又知道我脾气差但心地善良人仗义。"

通信如此发达的当今，阻挡老朋友了解对方近况，进一步导致无话可说、无旧可续的，是你们不再处于一个圈层。

新朋友不知道你的旧脾气，那只能说明你们还算不上朋友，充其量是彼此互有好感的新相识。我暑假去南京探亲，去之前把老闺密们拉了个群，单刀直入："谁来接我？"

经过激烈的钩心斗角、你死我活之后，她们把我四天的行程安排画了一张表格，每人分配到珍贵的几小时，并暗自盘算我对她们是否雨露均沾，自己是否被冷落。

这几个老闺密，最短的都已经和我相识七年，她们每一位都是我结婚时的伴娘，是我儿子的干妈。我在香港负责给她们倒贴钱做代购，做她们的"驻港办事处主任"，偶尔做她们和老公开战时出谋划策的军师。

她们负责在南京替我守住回忆，看着青春，默默等待我一年或者两年一次的"翻牌"。

她们不知我的近况，天涯咫尺，不都在朋友圈点赞评论调侃互掐里？甚至一句"好好的""请""谢谢"都不会说，有事儿说事儿，却像亲人般自然，让人安心。

02

当然，你也必须接受，大浪筛掉的沙，有些也曾是你视若珍宝的沙金。

闺密接我去吃夜宵的路上，就聊起我们曾经的一个女友。在我们各自好好工作、忙于结婚生子的转折期，她还混在酒吧里唱歌跳舞，觥筹交错。

我对酒吧没有任何偏见，只是后来她去做了酒吧外联，就是那种在酒吧里想方设法让男人买酒请她喝，以此来赚取分成的职业。我极力规劝她好好收心，但她那副不可一世的态度让我知道，纵使有一起挨过失恋失业痛苦的比金坚的感情，我们也注定要走散在岔道口。

她后来发的朋友圈，我也不再看得懂。倘若进修学习，我能点个赞；倘若恋爱成正果，我能发个大红包；倘若吵架分手，我尚可安慰劝导；倘若怀孕生子，我也可绵薄进言。

可我不知道对她每天深夜的灯红酒绿和各式鸡尾酒评述些什么。大约，她面对我的家长里短也有无力招架之感。我们进了对彼此隐形的黑名单里。

不能否认的是，到了这时，我的内心不再有任何波澜。这种心如止水，有朋友最后的义气：你想要什么样的生活，我尊重你。

但从此明白，她只能是揣着我故事的故人，而不再是朋友。山回路转不见君，雪上空留马行处。

依旧留在身边的那些老朋友，即使不在一个城市，经历不同的人生，可目标是一致的，我们的情绪、遭遇、挫折、快乐是同质同步的。太阳底下、同一阶层，翻来覆去，都能解读对方的忧愁与幸福。

一句"有中年危机了""孩子在哪儿读""今年 Gucci 的新包适合我吗"，没头没尾，可答案就在嘴边。

甚至于，有了对方的存在，会产生一种微妙的比对和努力——至少我要和她活得一样好。这份微妙来自人性里自我的一部分，也来自彼此要维持在一个圈的友情。

我们不会因为距离远与时间久，就给友情设置了壁垒。我们延续了青春里的证人身份，继续见证发生在对方身上的重大事件，直到鸡皮鹤发，仍能坐在一起，互相回忆对方的前男友们。

这种温馨的内核其实很残酷，背后有无数无疾而终的友情做炮灰。成年人沉淀下来的最后友谊，其实就是圈层筛选。同理，他日有朋友荣升王侯贵胄，我也只能遥遥相望。无关势利，无关冷漠，分离是自然。

03

幸好，世界那么大，我们一路丢老朋友，也在一路捡新朋友。成年后交的新朋友，不妨对其进行精确的定义。人脉的归人脉；点头微笑的归点头微笑；而朋友的，才归朋友。

鉴定方法很简单：当你不用拿"亲爱的"开头，拿"么么哒"结尾，发出消息不忐忑等待回复，收到消息不用思忖回复话术，能开门见山，就事论事，那才叫朋友。

成年后能交到新朋友是一件特别幸运的事儿，这意味着，你们没有在人格塑造末期交缠在一起，却恰好拥有类似的三观和脾性。双方完全不用补课了解彼此的过往，因为通常来说，你们的生长环境和成长境遇大同小异。如此，她就不会不懂你的旧脾气，你们是彼此的镜子，只不过刚刚迎头碰上。

而你们在这个人生阶段里碰见，通常是相识于同一个圈子，也注定会对对方的人生产生助力。

马家辉在《龙头凤尾》里说了这么一段话："有爱的人必须有用，有用的人才值得去爱，否则只会变成负担。"

这句话是描述断袖爱情的，放在友谊里也许更恰当，因为友情里没有了荷尔蒙的蒙蔽，它显得更为冷峻真实。

不要以为这个"有用"，仅仅是字面的互为堡垒，利益互换。好的友情，能让你开心，让你放松，让你的灵魂多一个出口，甚至于，它的交往无压力，彼此的认同感都算是友情的用处。

最终，无论是老友还是新友，朋友的数量与质量都和你所在的人生阶段与圈子息息相关。

所以，当你认为这世上老朋友不知道你的新近况，新朋友不知道你的旧脾气时，有可能是你的老朋友已然消耗殆尽，而新朋友青黄不接。那么你要做的就是，审视一下自己是否处在一个人生转折期。不用沮丧，不必惊慌，你若盛开，朋友自来。

分裂的中年妇女日常

01

三十到四十岁的中年妇女，哦不，她们通常自称中年少女，大约是年龄轴上最尴尬的人群了，既告别了二十几岁惹娇可爱的权利，也没有含饴弄孙的大妈们的碾轧性话语权。

她们在自己生活的各个维度都有些迷茫疑惑，掌握不好分寸，天真得有点儿心虚，老成得有点儿勉强。撒个娇怕自己老鹰依人，谈个心又怕自己像妇联主任。她们只能在少女与老妪方阵躲闪挪移，每一天都像个人格分裂患者自我拉扯。

首先是在心态方面。

分裂的中年妇女的心态不是很好，总是在否定与肯定之间无缝对接，说变就变。主要分裂方向是一会儿怕老，一会儿又不怕老。

分裂的中年妇女每天清晨对镜贴花黄时，总会心惊肉跳，细细检查自己脸部多出来的每一道细纹，遮瑕侧影腮红"砌个墙"。在进行梳头步骤的时候手法轻柔，怕带走更多的头发。头发，可是年龄的楚河汉界。

要是不小心再发生惊见白头发这样的大事情，那就必须惊动全家人，特别是老公来围观了："看，这就是我这些年为这个家呕心沥血，操碎了心的证明！"

中年妇女伤春悲秋美人迟暮的自怜自艾，通常在上班看到前台小姑娘后释然。她快速计算小姑娘周身行头的价格，再看她上下纷飞跑腿打杂。再低头看看自己的博柏利风衣、香奈儿包包，自己独立办公室落地窗的一览众山小，内心升腾出一种优越感，鼻腔里不由嗤出几句昨天刚看到的鸡汤：《你年轻过，你老过吗？》《岁月从来不会伤害这种女人》《三十岁的女人，人生才刚刚开始》。

分裂的中年妇女心花怒放：怕什么老，老了才能做老娘！

02

中年妇女的分裂还表现在穿衣打扮上。

分裂的中年妇女突然在审美的自我认知上断层了，瞎了。她们的造型发挥极其不稳定，没有规律可循。

星期一她用粉色卫衣搭配着破洞牛仔裤，加上小白鞋和迪丽热巴同款镜框；星期二她穿超长黑风衣梳着大背头，踩上八厘米高跟鞋保持着杜鹃同款性冷淡眼神，你会揣摩她是否婚姻不幸或红杏出墙导致造型变幻莫测；星期三她又给了你一个白衬衫配工装裤，还扎着马尾辫的朴素穿搭。

不要慌，分裂的中年妇女只是对自己的定位产生了阶段性迷失：到底是减龄，还是气场，还是气质，这是每个分裂的中年妇女面对衣柜时发出的拷问。

少女装还是不要了吧，老黄瓜刷新漆，会被那些小姑娘们耻笑；气场路线还可以，但是鸡汤文里说了，真正的气场是慵懒自笃，淡定温厚；普通衬衫吧，老娘怎么能忍受这样平淡无奇的自己呢？

到了星期四，分裂中年妇女哭晕在衣柜前，后宫三千，居然要落得裸奔的境地？打开手机，选了一套吸烟装，下单。

分裂的中年妇女通常还要面临肥腻还是不肥腻的愁肠百结。

她们经历过婚后松懈的发福和产后激素的膨胀。她们最不能面对的就是自己十年前一尺八腰身的照片，咬牙切齿看着那些纤瘦的同龄人，然后像复读机般评论："你是怎么瘦下来的啊？"

她们刷着四十岁处女脸、五十岁奶奶超模的照片，抽打自己大吃大喝的嘴，掐着自己的大腿，对着冰箱和油烟机发誓，一定要瘦成一道闪电。

但吃了几顿寡淡的饭菜，晒了一天朋友圈的步数后，分裂中年妇女放弃了！

老娘花了三十几年养了这身保暖防身的肉，凭啥再受这种罪！

身体是革命的本钱，我上有老下有小，怎能减肥减垮了！

我胖我无罪，如果我自己都不能爱这样的自己，还有谁会爱我呢？

肥腻妇女们！站起来！

03

分裂的中年妇女，每天要在发情和发财之间做出艰难的选择。

女人要独立，女儿当自强，花自己钱理直气壮，花老公的钱寄人篱下。你看，隔壁老王的媳妇创业了，老家邻居做微商了，大学同学做代购了，昔日情敌做公众号了。像我这样美貌与智慧的化身，怎么能甘于人后？

但是，问题来了——

心理学家说："孩子三岁前没有建立亲密关系，影响一生。"将孩子交给公婆爸妈照顾又怕让孩子养出不良生活习惯。

新闻里说，某女强人如日中天，却离婚三次不得正缘，她愿拿身家换白首不相离。

三姑妈的二表姨的三侄女把老公治得服服帖帖，并且偷笑着咬耳朵："哎呀女人不要那么拼，管住老公的钱才是正道。"

分裂的中年妇女再一次陷入了沉默，只能四处追问：如何做个平衡家庭和事业的人生赢家？

分裂的中年妇女们，拥有一群资深老闺密。

都知道的呀，成家立业以后，哪有时间交朋友？闺密还是老的好，在需要回忆前男友、抱怨老公的时候，你会觉得，老闺密实在是个安全又可靠的树洞，不像外面那些人，就等着看我笑话。看到老闺密的老公也那么"皮"，不禁有同是天涯沦落人的感慨，两人抱头痛哭。

但是呢，老闺密之所以为老闺密，就是因为都从一条起跑线上开跑，彼此知道得太多，当她有一天遥遥领先，你望尘莫及追不上时，你就会嘀咕："都是一个学校毕业的，凭啥她拎爱马仕，我就挎蔻驰。明明样貌不相上下，凭啥她嫁给霸道总裁我就嫁了个普通职员？"

在老闺密和你痛哭流涕说霸道总裁老公不回家，婆婆不带娃时，你们的闺密之情又情比金坚、岁月无痕了。

分裂的中年妇女们，对老公的态度连自己都觉得是个谜。

上一秒连离婚协议书都打好了腹稿，下一秒又觉得如果到了自己生病动手术要家属签字时，换个人还真不放心。上一秒气急败坏就要跟老公吵架，下一秒就想晚饭要给老公做他爱吃的猪脚。

左手孩子右手饭勺，左脚出差右脚打扫，自己这是丧偶式守活寡吧！啊！再看看闺密的霸道总裁居然出轨了，想想还好老公没有犯这种错。算了算了，自己蕙质兰心、宽宏大量不和他计较。

朋友圈里转发的都是《爱一个人不看他说什么，看他做什么》《中国男人配不上中国女人》《三千块你还想请个保姆？》……老公这个唯一的目标受众把所有的 App 都浏览了一遍，就是看不到你的暗示和撒娇。

你只能再去翻翻情感博主的《秀恩爱正确打开方式》《天一冷就想睡你》《我就是甜哒不贱》想想办法。

每天产生一百次离婚的念头，却还是糊里糊涂怀了二胎。然后在他下班回来后一句无心的问候里缴械投降：算了算了，换一个未必比这个好。

分裂的中年妇女分裂着分裂着，就发现自己变成了世界上最"戏精"的人。

心里还总觉得自己是少女，说起话来却忍不住感叹："哎，我怎么越来越像我妈？"

被人叫阿姨时，在心里翻个两米宽的白眼，还是面带端庄微笑给路人指了一条道。

被年轻男士搭讪时内心翻江倒海，夜里听不到老公的鼾声还是辗转难眠。

出去唱 K、泡吧哈欠连天，心想孩子到底想我没？

咬咬牙给自己添个名牌手表，没有装备怎么有心情赚钱还房贷！

成天看不惯这个看不起那个，却对万事万物有圣母般的慈悲宽容：都不容易啊！

她们害怕被人叫"那个女的"，却也不知道怎么称呼自己才好。这枚少女？不要脸。这位女子？太矫情。这个妇女？我呸！

我这个分裂的中年妇女在深夜写完这些话，竟然泪流满面，想要找到昨天刚拔下来的那根白头发，发现已经被当成垃圾掷弃。

Part 3

我敢爱你，你敢爱我吗？

我敢爱你，你敢爱我吗？

01

想写篇关于中国婚恋观的深度文，虚心向某"95 后"女生求教：你们这批'95 后'小姑娘，会想找什么样的老公？

她："亚姐，不要问这么幼稚的问题，我们'95 后'没空想这些。"

原来"95 后"的婚恋观是：没有任何观点，因为不在意。

跳脱中年博主的生活样板和价值范畴，来思考这届青年对婚恋的蔑视，得到的结果是：我要是晚生十年，也未必会愿意结婚生子。

你看，吃饭靠外卖，电影靠云盘，沟通靠手机，无聊靠游戏，荷尔蒙分泌靠明星，母爱泛滥靠宠物。

好像因为消磨时间和少年穷困还有生理莽撞引发的恋爱，没有多余的滋生土壤。

为什么要结婚啊？

作为一个已婚者，我好像无法回答这个问题，但我经常会想到《她》里的未来科幻场景：

男主和人类前妻离婚后，一个人吃饭、睡觉、看书、走走停停之后孤独寂寞冷，就开启人工恋爱。让一个只闻其声、充分了解你的"大数据女人"陪伴左右。

男主最终爱上了这个体贴入微、大数据里有一万种撩汉攻略的虚拟女人，毕竟"她"有着斯嘉丽欲拒还迎的性感烟嗓，很难不爱上。真爱催生了男主的人类本能，他想要一个真实可碰触的身体，给予肌肤之亲带来的温暖。

于是一人一数据想了一个办法：找一个妓女充当"斯嘉丽"的肉身，斯嘉丽根据情景发展来配音，包括调情和呻吟。

由于主角和观众都觉得很尴尬，这场游戏只能终止。

当男主越来越离不开斯嘉丽时，却发现斯嘉丽作为一个大数据系统，总共有 8316 位人类交互对象，和其中的 641 位发生了爱情。

男主不是唯一，也并不特别。最后斯嘉丽也无情地离开了男主，去系统升级了。

这个时候男主给前妻写了一份信，信上说："我依旧爱你，但接受不能够继续在一起的事实。"

这何尝不是我们的现状和未来？因为虚拟数据顺毛摸你，你不费吹灰之力就能得到安抚和慰藉，所以人类宁愿去被虚拟数据欺骗，也不愿进行亲密关系的迁就磨合。

让我们对婚恋越发无感的终极原因，其实并不是生活多元和科技昌明，而是这些让取悦自己的成本降低到唾手可得，而我们从亲密关系里得到的愉悦，要忍受磨合迁就的自我折堕，冒着被伤害抛弃的危险，成本太高了。

而在这个社会进程中的婚姻展示范本，大多鸡飞狗跳、鱼死网破，或暮气沉沉、心如枯井，都在为这份成本加码。

婚姻那么危险，到底能给我们什么？

02

在亚姐嫉妒的女友里，有一个大龄单身女总裁。她令人嫉妒的点不仅仅在于人美钱多，还有自由，彻头彻尾的自由。

我被两个孩子包围的时候，她在海岛裸游；我和老李掐架的时候，她在酒吧撩"小鲜肉"；我在计划今年春节去哪方过年的时候，她在密谋跨年"轰趴"；我在名目繁多的补习班里挑挑拣拣的时候，她在国外订了一只血统纯正的豹猫。

我屡次警告，你如此肆无忌惮地炫耀你的自由自在，每一条都被我记下，就等着收绝交信吧！

大部分时候，她只是翻个白眼，置若罔闻，我行我素。然而在今年某个深夜，她突然跟我多愁善感地说：今天我血糖低，晕了一会儿，我很怕哪天死在家里没人知道。

我把打好的"哈哈哈哈哈哈哈"删掉，不动声色地安慰："别闹，什么死不死，你就是想有人给你暖被窝。"

那边"正在输入"了很久，没了动静。

我没有强行追加安慰，因为我知道她是那种能为自己选择负责的人，她坚定不移地不婚不育，并在绝大多数时候享受自己的状态。

突如其来的脆弱，微妙敏感，彼此心知肚明地一笔带过就好。更重要的是，我觉得这不是年富力强的人需要担忧的问题，科技昌明，通信发达，独自猝死在家的可能性微乎其微。

前几天，我出差到广州，一个人睡。半夜醒来去厕所，对自己右腿已麻一无所知，下床第二步就猝不及防地摔倒在地。

我一下子吓醒了，只能匍匐坐起，等自己右腿恢复知觉。

在那一刻，没有老李在旁边给我使唤供我撒气，我突然体会到了女友那天的心情——

也不是真的生死攸关，也不是扭捏造作，更不是厌恶单身生活，而是随着年龄渐长，身体健康带来的沥沥小雨般的不尽麻烦，会对心态产生孤独的冲击。

就像我去年血糖骤降上救护车那晚，老李对我的晕倒内心毫无波澜，只倒了一杯热水给我喝。

就像我研究生导师曾因为颈椎宿疾晕倒，醒来后发现儿子哭天抢地，一把鼻涕一把泪喊着："妈妈我不想你死啊。"

就像好基友成天腰椎间盘疼痛，要强行关掉老公的电脑才能使唤他不情不愿地按摩。

在那些时刻，未必我们得到了生理上的疼痛缓释，身畔之人也未必能决定我们是否安然无恙，可就是有份被托底的安全感，也有被对方需要的存在感。

少年夫妻老来伴，老有所依，很多时候并不是指物质供养、人际捆绑，最终还是要回到人类群居动物的弱点上：孤独。

03

这个理由看起来老气横秋，也有点秋后蚱蜢的颓丧。不孤勇不旷达，好像是为了有人能在你病倒时守在你床前而赔上自己的一生。

但实际上在磨合和冒险的过程中，我们也有不自知的收获。

著名的哈佛格鲁克项目，从1983年开始对724个人进行了长达半个世纪的追踪，想要探究：什么样的人，最有可能成为人生赢家，幸福感最强？

答案是：温暖亲密的关系，特别是夫妻亲密关系。

我认为这个结论不仅仅是因为最后呈现的幸福结果，比谁笑到最后。而是在这个制造结果的过程中，双方为了达到幸福所付出的东西，反而成了幸福的中流砥柱。

例如：依旧相信爱的信仰；日益娴熟的亲密关系技巧；乐于为爱付出的习惯。

拥有爱的能力，这就是幸福本身。

所以我时常对犹豫不决的女孩说：这世间任何事，结婚、生子、跳槽、创业，都细思极恐，倒不如勇敢一点。

单身很酷，其实结婚也很酷，它代表了你的另一种孤勇：在理想主义那么缺失的世界，我还敢爱你，你敢爱我吗？

不会做家务的女孩怎么办？看别人办啊！

01

我有一位单身女友愁眉苦脸地抱怨："亚姐，我妈天天说我，这个家务不会做，那个家务不会做，说我以后嫁不出去。"

我："你和你妈说，给你发工资的港资企业老板就不会做家务。也成功嫁出去了，还因为不会做家务太需要人保护，差点儿造成抢亲的局面。让她不必担心。毕竟婚恋市场并不是家政市场，跟着老板越变越美就好。"

她："我妈还说，现在不会做，将来结婚了不学也得学会，到时候看我怎么办。"

我："看别人办啊。跟你妈说，给你发工资的港资企业老板将带领你勤劳致富，将来请保姆给你做家务。"

家务这么小的事，都能涉及人生幸福指数，影响正当嫁娶，那注定我们的一生都要围绕锅碗瓢盆生活，那才真的是个悲剧。

我们都要牢记一件事，不会家务，另谋出路，在其他方面熠熠生辉，没毛病不掉价。因为家务是智力成本较低的机械运动，我们不想过多分心，影响貌美如花和赚钱养家。

如果你的对象因为你不会做家务而看低你，那么家务这件事在他眼里至关重要，他想找的是保姆，而不是爱人。

02

我身边就有一个好老公。男人在业内略有建树，家底殷实，他三十岁黄金年龄结婚，娶了个娇滴滴的文艺女青年。姑娘天真烂漫，善良美丽，就是家政工作方面天赋甚差。

姑娘好心给老公煮个绿豆汤，锅底都炖穿。男人说："跟我一起回我妈家蹭饭吧，不行你就点外卖，不要再制造火警，引起社会恐慌。"

尝试拖个地，能把自己腰给闪了。男人说："我请钟点工，你再出手的话，我就要多请一个护工了。"

其他的零碎家务，男人和姑娘携手共务，因为姑娘丢三落四，实在需要一个人记得家里的钥匙在哪儿。

姑娘为了不给老公制造心理阴影，心安理得地放弃了做家务的尝试。每天朝九晚五，高高兴兴和太阳道早安，和月亮吟诗作对。

我问及男人的感受，男人轻描淡写地说："我觉得这样挺好的，至少能保证我俩的人身安全。老婆是谁，不一样，家务谁做都一样。"

我问："你爸妈怎么看？"

男人扑哧一声笑了："买菜钱我给，钟点工我请，他们有啥好说的，老婆不会做饭，还增加了我们回家吃饭的机会，老头老太高兴坏了。"

老婆精神焕发，快乐无忧，保持了他原本爱她的样子，这就是这个美满婚姻的价值内核。任何一切不会打破这个至高原则的事务，都无关紧要。

我们的老公并非都是高富帅，可以用钱摆平问题，但当家务成为他责难你的理由，不妨问一句："让家务这件小事，影响到我们婚姻本来的快乐，你觉得值得吗？"

03

我们因为家务被责难、被嫌弃，莫过于"家庭主妇"的固定搭配。家庭由妇女主要料理，是约定俗成的价值取向。但在新时代，女性可以走出家门，拥有自己的事业。我们共同赚钱养家，自然也得共同分担家务。

有位女友，结婚前就交代未婚夫："我曾经住校十年，自力更生不是问题。饭我会做，不太好吃。家务也会，但是我觉得做家务浪费时间。我想把宝贵的时间放在更重要的事情上，比如赏花品酒、美容护肤、买楼融资之类，你同意吗？"

结婚后她坚定贯彻了她的家务方针，请了钟点工，自己能不做的就不做，油瓶倒了也不扶。她出差、健身、旅行。老公刚开始颇有微词："怎么我变成了'家庭主夫'了！"

女友用赚的钱，给老公买了车，又带他出国旅行几次，老公吃人嘴软，生活又五彩斑斓，也开始享受这种"男主内女主外"的生活。

生完孩子，女友请了住家保姆照顾孩子。公婆小住，看到的都是自己儿子伺候老婆，保姆照顾孩子，敢怒不敢言，因为儿媳赚得比儿子多好几倍呢，惹了她，老两口的旅游计划可就黄了。

用钱买家务，好贵，可是生活的乐趣和品质更贵，要耗费时间精力的升值道路，最贵。当家务的烦琐费时和你想要的未来相冲突，你甚至可以用薪水的全部，去换取你的时间精力成本。

因为家务永远也做不完，而拼搏期和机会一旦错过。你被"贤妻良母"的身份所绑架，又想不被社会淘汰，结果就是两败俱伤。

04

另一位女友嗤之以鼻："家务有什么好争的，都是一些小事而已，我就爱做这些不需要动脑的事情。每到周末，左手拖把右手扫帚，左右开弓，把家里打扫得一尘不染，有一种工作无法匹敌的成就感。家，难道不是自己的吗？"

你勤于家务，觉得这是变相减肥，缓解强迫症，这是你热爱生活的表达方式，这就是做家务最自由、美好的诠释。

你可以心血来潮去煮爱心早餐，那是爱一个人的选择。你也可以日进斗金，成为职场大咖，端庄大方。又或者身无长处，只会装傻卖萌，那又怎样？

我们每个人，在家庭中的模样和地位，都不由家务绑架。它上升不到人生的高度，也影响不了你原本的幸福。家务根本就算不上一项技能，你会不会、精不精，都在于你想不想、愿不愿。

"直男"的情话，你听得懂吗？

01

小女友和我抱怨"直男"男友人丑嘴笨，让他说句像样的情话，无非就是"宝宝最美""宝宝最好""宝宝是我的心肝宝贝儿"。

宝宝，你一个不再是祖国花朵的假宝宝，接受了这样的违心赞美，已经可以卸妆睡觉了。你要明白，在直男的使用说明里，没有"一言不合就说情话"这一项。

直男的情话，是需要天时地利人和的。我的另一个小女友就曾激动得忘了时差，半夜给我发微信："哎！亚姐！你知道吗！我们本来打算明早去金门大桥看日出，结果天气预报说明早会有大暴雨。我很失望，你知道我家木头说什么吗？他说'有什么好伤心的，去照照镜子。因为你的眼睛比日出还美啊！'"

在异国他乡度蜜月，良辰美景就像一股绝世内力，把她家"木头"的情话巅峰给逼了出来。

他又不是职业诗人，脑回路那么简单粗暴，等待一句纳入恋爱史的情话，需要耐心和时机。有的时候，他说得并不优美动人，却是真金白银的情话，你要学会用心解读。

02

说说我最近听到的最美情话吧。

我和老李讨论一个朋友分崩离析的婚姻，他们正在办理离婚事宜。然后我就脑洞大开问老李："如果我俩有一天离婚了，你要儿子还是女儿？"

他转过头去看了看孩子们说："我要儿子，因为儿子长得像我。"

我乐了："长得像你也是我生的，你不是爱小情人吗？"

老李低头不看我："儿子长得像我，离了婚你每天看着，会难过。"

四周空气都凝结，我拿着碗挡着脸，泪流满面。在代入分崩离析角色时，他首先考虑的是我的难过，胜过一万句深美闳约的赞颂。

在我们恋爱时，最美的情话是"你喜欢就好"；在我们结婚时，最美的情话是"回家再说"；当我们生了孩子后，最美的情话是"看看你儿子／女儿！"

没有一个爱字，没有一份优雅的形容，没有一段藻饰的排比，没有一生一世缱绻相依的信誓。

看起来就是平铺直叙的家长里短。可我就是觉得，它就是我在彼时、在当下所能感受到的最美情话。

读《徐志摩情书——致陆小曼》，徐志摩对陆小曼的情话浓烈："你的爱，隔着万里路的灵犀一点，简直是我的命水，全世界所有的宝贝买不到这一点子不朽的精诚。"

诸如此类，最打动我的却是贯穿全书最不起眼的那声称呼：龙儿。

只因徐志摩觉得陆小曼："你真玲珑，你真活泼，你真像一条小龙。"

年轻时写情信，抄情诗，辞藻华丽堆砌，音律婉转优美，并且怎么表述都觉难诉衷肠。长大后明白最浓烈的情话并不是公式套路，是藏于一饭一蔬，藏于平静流年，是独一无二的真心忽现。

03

我们陷入的误区是，往往觉得会说情话的人重要，其实能听懂情话的人更重要。我们总是给予施爱者厚望，望他能不忘初心，望他能不吝表达。可总是忘了受爱者的聆听和体察，那才是通往爱情的双行道。

我曾经问一个婚姻特别幸福的女友，向她讨教些让婚姻恩爱如初的方法。她浅浅一笑说："恩爱如初的秘诀就是，你要有一份感受爱情的敏感。"

她给我讲了一件事。每天吃过饭，家里总会吃点水果。她有一次无意抱怨，说要剖开四个橙子，还要细心地把每个橙子都切成小块，才能满足一家老小的需求。下次打开水果袋，发现这次的橙子无比大。

"然后呢？发现老公买成了柚子？"我脑洞大开。

"不是，是老公觉得买大号的橙子，我就能少一些烦琐。果然，一个橙子居然就够分了。"

就这么细微如发的一件小事，她就在临睡前，亲吻了老公，并对老公说："谢谢老公的细心，今天的橙子好甜。"

我目瞪口呆，良久才找到一个可能的误会问："万一他根本不是特地为之，就是最近的水果摊只有大号的卖呢？"

女友淡定地说："当真那样的话，他收到了我的感激，将错就错，下一次，他就会真的那样去想，那样去做。因为只要你能感受到细微的爱，它就会回馈给你更多。"

我佩服得五体投地。读懂这件事，不但能互通心意，还能洗脑升级。而读懂，无非就是心思绵密，常葆感恩。

从那以后，每当老李给成天写稿敲键盘的我煮鸡爪吃，我就会去超市，给他买一瓶舶来啤酒加以回报。

难道不是吗？明明《甜蜜蜜》里的黎明就买了鸡脚给张曼玉吃，然后对她说："你每天按摩，多吃点，吃什么补什么。"

就算不是，我也当他如此。

04

普世化的情话是有规格的，一句"我爱你"，音节简单，一句"你是我的唯一"，还可以唱出来。普世化的爱意呈现也很务实，节日玫瑰，生日金器名包。这种约定俗成的固定搭配，才能叫浪漫。

浪漫这个词看起来有点儿贵，有点儿阳春白雪，有点儿轰轰烈烈，所以一切细枝末节，都被关在浪漫之外。

有时候，浪漫是无声胜有声的哑语，是渔樵耕读的稀松平常。它是你临睡前的一杯牛奶，是你深夜睡不着时的拥抱，是你深夜加班走出办公楼的等待，是你父母每年收到的礼物。

浪漫是双向的，最精巧恢宏的浪漫，不过是他给的浪漫，你懂。

知得愈多，爱得愈多
爱得愈多，知得愈多
知与爱永成正比
——木心

带自己的老婆出去喝酒，比带别人的老婆出去喝酒难多了

01

我的视频节目《美玩》第一期节目拍摄，选题拍摄地点是日本东京的偏远地区。

拍摄结束后一行人饥肠辘辘，就在路边随便找了个小酒馆。小酒馆确实小，只有靠着吧台的十个座位，就坐后，围绕吧台坐着我方团队四人、一对日本夫妻、两位日本帅大爷。

因为靠得太近，大家不得不进行一些亲切友好的眼神交流和肢体问候。最辛苦的是我们的翻译，枪林弹雨般的转换，所有的"梗"她都得笑两遍。到后半段，饭局进入到一种莫名其妙高潮迭起的气氛中，比较突出的是那对日本夫妻。

实际上刚进门的时候，他们就引起了我们的注意，因为他们看上去不像新婚燕尔的夫妻。一问果然，结婚十年了。我们面面相觑，觉得这是天方夜谭，要知道，结婚三年以后，夫妻双方已经进入到相看两倦的境况中。

我在去日本的飞机上看了一部电影，叫《每天回家都会看到我老婆在装死》。男主角经历过一场三年之痒结束的婚姻。于是二婚之前，

就和第二任妻子讲好，等他们的婚姻到了三年，就彼此讨论一下续存的必要性。

在结婚三周年纪念日的这天，老公想就这个话题与老婆促膝长谈，结果发现老婆惨死在家中。他悲痛欲绝报警，发现这只是老婆排演的一场戏。

之后回家的每一天，老公都要经历一场"生死诀别"。老婆不是假装给鳄鱼吃掉，就是被武士刀剖腹。当然，老婆也给老公安排了戏份，在朱丽叶横卧的棺材板上，还贴心地贴着罗密欧的台词。

老公刚开始还会觉得兴意盎然，上班的时候看着天色揣度今天老婆会排演的死法。但长此以往，他厌倦了，他对老婆说："装死的戏码，我累了。"

他还想：是不是要暗示老婆去找工作呢？她是不是太无聊了？

这是一部喜剧吗？这是一部悲剧。无论我们如何搜肠刮肚制造新鲜感，但只要新鲜感建立在旧关系之上，那都是徒劳之功。

杜拉斯说"爱就是爱消失的过程"，稳定的契约关系中，爱情以加速度消失。所以，结婚十年后，带自己的老婆、老公出来喝酒，比带别人的老婆、老公出来喝酒，要难多了。

你看苏青的《结婚十年》，简直就是对人间炼狱的絮叨描写。炼狱里哪有什么觥筹交错真情时刻？喝酒这种事，讲究的是酒后微醺吐真言，这反倒是至亲至疏夫妻之间的软肋。一百件芝麻绿豆般的抱怨，会被酒精上纲上线到水火不容。而那些婚姻之外光怪陆离的微妙情愫，也绝不适合与对方吐露。

婚姻是克制，偷情才放肆。酒精很显然属于放肆的阵营。再说，两口子朝夕相处，鸡毛蒜皮话赶话，已经弹尽粮绝，还有什么必要换一个公共场景，用酒精建造谈话仪式？

难道为了孩子的学区房，为了房贷车险，为了双方父母的健康干杯？那太浪费时间了吧，成年人的婚姻，不就讲究一个简单实用的性价比？

我们不禁对那对日本夫妻投去了羡慕嫉妒恨以及想深度解读的眼神，到底是怎么样的经历，让他们在结婚十年后，还能一起出来喝酒。

02

一番推搡扭打之后，日本小夫妻盛情给我们埋了单。来自礼仪之邦的我们，当然要求二场做东，这给了我们深入探讨的机会。

在去酒吧的路上，那位日本妻子告诉我们，他们结婚十年没有要孩子，因为丈夫就是个孩子，实在不可能再有心力照顾另外一个孩子了。

二场酒精已经到位了，该说的话都会倾盆而下。果然今晚这场酒，卡在他们的危机时刻。

他们早上才吵过架，妻子连离婚的念头都有了。同一个世界，同一种怨念。

夫妻俩经营一个夫妻公司，制造鞋子。外头的腥风血雨和室内的柴米油盐，本应两人一起承担。可丈夫两头都只管呼风唤雨，妻子的发条转到几乎崩溃。所以早上他们为了衣服袜子到处丢，新仇旧恨吵了一番，才有了晚上这顿酒。

但是还是有爱啊！妻子不断地问我们中文的"笨蛋"怎么说，一遍遍戳着丈夫的头嗔怪"笨蛋"。

丈夫酒喝高了，一直插科打诨说下辈子要娶中国女人，再努力抬起沉重的头表态：这辈子最爱的就是自己的老婆，他的老婆是世界上最好的。

你看，都知道，都知道的。一个知道做牛做马做老妈子，还不是自己一边自打耳光一边愿赌服输。一个知道自己永远长不大，怀中所有都是妻子的爱意化成。在那种氛围下，好似眼眶都要发热。

想来也是，哪怕叉腰怒骂，大打出手，想要用一顿酒撕开了伤口清洗，那本身就是一种还爱着对方，努力达成的默契仪式。

不愿意做鸵鸟心照不宣继续演戏，颠过来倒过去，这场婚姻的里子，还有救。

03

那位日本妻子握着我的手说："认识你很高兴，其实我很难过。"

我握着她的手说："认识你也很高兴。你不要难过，你老公很爱你，希望你们以后还经常一起出来喝酒。"

她说她结婚前比现在美丽得多，看到我这样神采奕奕地出现在异国他乡，惭愧地羡慕。我说你很美，有爱的人怎么会不美。我也羡慕你，有一股愿意与老公手拉手和陌生人不醉不归的少女气。

我把我随身携带的一对珍珠耳环送给了她，希望她把结婚后忙里忙外被遗忘的耳洞再装饰起来。

虽然我们交换了联系方式，可我知道此生不复往来。走在分别的浅草街头，已经是东京时间凌晨三点，只有乌鸦"啊啊啊"叫唤的声音，把自由硬生生转换成一种难以言述的空落。

三岛由纪夫说："生活是无边无际的、浮满各种漂浮物的、变幻无常的、暴力的，但总是一片澄澈而湛蓝的海。"

我知道这世上的婚姻大同小异，幸福如是，孤独亦如是，谁都是捂着磕碰流血的膝盖一点点挪行。

可是，还是有结婚十年出来喝酒的夫妻，不是吗？

下坡路上的夫妻们，后来都怎么样了？

01

和好友夫妻一起吃饭，好酒好菜招待我，三杯下肚开始直入主题。

男人说自己赚钱养家，头晕眼花，四处张望，只见到玩手机的她。女人两眼泪汪汪，在我看热闹不嫌事儿大的鼓励下也奋起反抗："我也有工作，我还有个娃，朝九晚七之后，还要照顾你的老母亲。你说你想和我聊聊天，我跟谁去解解乏？"最后就变成，男人看到女人玩手机，就忍不住想说两句；女人看到男人，就心惊肉跳像看到班主任，藏起自己的手机。

作为一个中年情感博主，我听完两边的陈述，竟然说不出个子丑寅卯，只能叹口气。年轻人的情感，电光石火，爱憎分明，失败总算有个说法：他没空，她出轨，他花心，她蛮横。中年夫妻的情感纠葛，多数都没有对错，只怪生活。恋爱到结婚，已然判定了双方两厢情愿的合适，可过着过着就进入了一个死胡同。

这对也一样，曾恩爱到让所有人羡慕。男人法国留学，女人日本留学，异国他乡八竿子打不着的两人，回国聚会一见钟情。男人喜欢女人大气贤惠兼得，女人心水男人勤奋情趣皆备。

男人开了家咖啡店，用两人结婚纪念日命名，结果孩子的预产期也在同一天。男人喜上眉梢，央请我这十八线作家写一段小诗，把两个人的恩爱幻化成文字。

我去咖啡店时，发现这段文字被男人翻译成法文，镶刻在每一层楼梯上，每一个前来的客人，喝咖啡都配一嘴狗粮。

就是这样的天生一对，现在却双向沟通障碍，已经需要第三者来判定对错。

男人真的很苦，汲汲营营创业，勤勤恳恳赚钱，为了小家庭蒸蒸日上，他就与人强颜欢笑，酒桌觥筹交错，回家后只想跟最亲近的人诉个苦。

女人也真的没错，留住自己的一份工作为家庭保底，上有老下有小，她需要竭尽全力负责，烦琐的鸡毛蒜皮也总要有个人去做。三餐一宿之后，再也不想听你商界的尔虞我诈，只想清静地刷一刷手机放个空。

没有人出轨，没有人暴戾，没有人有错，但是难啊，都难，都委屈。

02

大崎善生的《孤独或类似的东西》里有一个故事，叫《慢慢地下坡吧》。

男人是个大型胶片公司的研究人员，自由环境，高职高薪，让他"犹如阳光下努力伸展躯干的树一般枝繁叶茂，新点子层出不穷"。他还有个蕙质兰心的妻子由里子，哆嫩稚气的三岁女儿惠美。生活可以说尽善尽美。

有一天他从研发部门调去了宣传科，从有成就感的研发，变成撰写宣传文的空壳。他夜夜苦闷酗酒，有一夜回到家，来到妻女的卧室想要一些安慰——他们有了女儿后就分房而眠了。由里子只是睁开眼睛说了句："你回来啦？"

三个月的借酒消愁，又让他得了急性酒精肝。他开始审视生活，觉得他和妻子由里子之间，有些东西变了，是种难以言表的接近于直觉的东西。日常生活还是日复一日，可由里子做的同样的早餐，都让他觉得有所不同，不是味道变了，而是口感上产生了微妙的变化。

是隔阂。这种隔阂的源头，在他们一起去法国摩纳哥参加老师葬礼时，找到了答案。

巴黎去摩纳哥的火车出现了故障，他俩并没有焦急，而是默契地聊天。

听到鲍勃·马利的歌，共同回忆起恋爱时光。他看到妻子微笑的皱纹，享受了许久没有过的相拥。抚摸着由里子的头发，他顿悟了隔阂从哪里来——他没有变，由里子也没有变，只是人到中年，开始走下坡路，两个人都意识到这一点，于是都敏感地设置屏障，负隅顽抗。

下坡并不代表生活变坏了，明明钱累积得越来越多，生活越来越稳定。这种下坡，是中年事业的难以突破，是中年身体的衰老趋势，是上有老下有小的责任桎梏。下坡是"中年人很难再获得人生得意饱满的幸福感"。

他们的顶峰在哪里呢？是男人事业如鱼得水，打开门看到由里子抱着襁褓里的女儿迎他进屋，露出灿烂的笑容之时。

从那以后，人生开始下坡，他如是，由里子亦是。

03

我把这个故事讲给我的那对朋友听,我问:"你们觉得你们的顶峰在哪个时刻?"

他们思忖良久说:"是刚刚开了这家咖啡店,又怀上了女儿的时候。"

后来,他们换好车,换大房,女儿会叫爸爸妈妈,之后再也没有过这样的顶峰感。然后男人陷入沉默,女人持续啜泣。

每一个中年人,每一个家庭,都有自己的顶峰,而亚姐的顶峰,在生完女儿,又出了第一本书时。儿女双全,伉俪恩爱,事业曙光,春风得意。

如今,我得到了更多,儿女乖巧,名利攀升,我却时时焦虑,得不到彼时彼刻的幸福感要领。

你需要为孩子劳碌奔波,为事业殚精竭虑,为父母健康心力交瘁,还要去习惯婚姻必然从爱情走向亲情。幸福感在哪里呢?

顶峰之后,必然会下坡。因为你需要为这种幸福顶峰付出维持的心力,而牺牲了幸福感本身。

生活没有下坡,只是我们的幸福感下坡了。

当我看完《慢慢地下坡吧》之后,得到了某种鸡汤式的领悟,一切都没有变,只是我们忘了,我们在顶峰时,让我们获得尖峰幸福感的一切,其实都攒在手中,且越来越多。

只要时时记得那个尖峰时刻,即使回不到彼时的血脉贲张,却也能缓解中年危机里的焦虑,更不会迁怒于伴侣。

因为你正在遭受的一切,对方也正在栉风沐雨。

我们是战友,而不是敌人,不是吗?

"婚姻真没意思"

01

在从香港去南京的飞机上，邻座坐了一个在香港科技大学读书的印度男孩。他要转机去哈尔滨，让我帮他在他的书本上写上中文"请带我去哈工大"。我以为他是去做学术探讨，夸赞了他勤奋好学的精神。

他眨眨睫毛浓密的眼睛说："No,I just want to see the snow.（不，我只是想去看雪。）"

他还补充，他是去雪里寻找温暖的。寒冷带给人想要相互依偎的动机。下雪，给这种依偎心无旁骛的纯净。

我："也就是说，你要去哈尔滨找个女朋友抱抱睡？"

我在南京饭局上反复羡慕："好希望南方也常有皑皑白雪！这样就可以和老公抱抱睡啦！"

女友 A："睡什么，抱什么，他抱手机我抱电脑。"

怀孕的女友 B 摸着肚子："你看我都怀上了，还有一起睡的必要吗？"

女友 C："这世上有一种幸福，叫不用赶在打鼾的老公睡着之前赶紧睡。"

然后此起彼伏抱怨激情逝去，美人迟暮，男人发福。找个人一起睡，刚开始是你侬我侬叠着睡，到后来就是多个人在被窝放屁，早晨闻宿夜口气。

我已经好几年没有和老李抱抱睡了。新婚燕尔时，我最盼望的就是南方短暂的冬天，这让老李明白了我不仅有一张冰块脸，还有一双冰块脚。瑟瑟发抖洗完澡出来，叫嚣着冲上床，直捣他最聚暖的肚皮。反抗无效，挣扎无用。

夜里的睡姿也是叠叠乐型，当然都是我叠他。头枕着手臂，手压着肚子，脚压着脚。往往老李睡了一觉起来，浑身酸痛，他说自己像遭受一夜酷刑。

如今结婚第六年，有两个孩子，为了亲密教养，都热热闹闹一起睡。夜里我们都睡得很浅，要给他们盖被子、擦汗、调整睡姿，避免他们翻身"追尾"。

除了干这些活儿，我们还要处心积虑比谁装睡装得久，好让另一个去安抚半夜闹觉的孩子，身体和灵魂都在床上斗智斗勇。

一夜下来精疲力竭，能深度睡眠俩小时已经不错，就别奢望什么抱抱睡了。

尽管如此，我们有时候也会越过孩子，艰难地勾着手，然后在黑暗里相视莞尔。我会怀念抱抱睡的肌肤之亲，也会感恩这齐齐整整的一张床，装满了人间最圆满的安乐。

02

看希拉里的自传,看到日理万机的夫妻俩,处理完白宫和国家事务,睡觉前一人拿一本书,开着台灯各自阅读。希拉里说:"互不干扰,但觉得很安心。"

这个细节打动了我,白宫夫妻如何高高在上,曾如何指点江山,落到稀松平常的日落而息里,竟也是和村野男耕女织一般的节奏和场景。这是每一对娴熟夫妻具象的夜晚,横向世界不同的是,手里看的是 *The Goldfinch*(《金翅雀》,普利策获奖小说)还是《知音》。纵向时代更迭的区别是,我们拿的是毛线针,还是手机。

都是同样的一张床,两个人,分头行乐。你们不是变得没话说,而是对方的存在变成了自然。你们可以各干各的,偶尔发笑分享对方笑点,也可以一起漫无目的地看着电视,谈论那些毫无逻辑的婆媳剧。

你不会觉得这有什么不正常,但偶尔会觉得有些无聊,想念那些穿着成套内衣,化着淡妆认真勾引、合法"失身"的日子。

我一个女友发出了这样的感慨后,就出差去了。深夜给我发语音求聊天,我说你不要脸,这么晚了就知道骚扰我,怎么不去骚扰你老公。

她满腹委屈地说:"刚才给他打了半天电话,说了点儿鸡毛蒜皮的事儿,然后就挂了,但是我就是一个人出差在外,翻来覆去睡不着,我认床。"

我戳穿她:"你不是认床,你是认人。"

女友有点儿娇羞地说:"你说平时也就是我追美剧,他看财经,最多是个人肉背景,左手摸右手的老夫老妻,分开了还是睡不着啊。"

"那你干吗不直接告诉他你想他了呢？"

女友不可思议地说："我们早就不说那些话了啊。"

03

我们容易用婚姻对比爱情，结果黯然失色；我们也容易拿爱情来要求婚姻，结果失望透顶——越是要打破婚姻是爱情坟墓的谶，越是深觉半身入土，于是越来越痒的夫妻们都说，婚姻真没意思。

可我们不得不承认，在我们说男人婚后就翻脸的时候，我们自己似乎也变得嘴角僵硬，面容紧绷，不舍得表达崇拜，不轻易诉述思念，也不愿意花费心思去回温。

我曾问过结婚后过得好的人，发现他们的婚姻是良性循环的，循环的起点在于：他们调试了心理期待。把爱情和婚姻分开看待——在这样的低期待值里，反而能徒生一些爱情的涟漪。

比如不再要求老公每个纪念日都能掐准日子，大把玫瑰送到办公室。老公却在三八妇女节，给她送了一大把向日葵。附言：谢谢你一直把我比作你的太阳。接下来一整年她都在公司昂首挺胸四处走动，生怕别人不指点：哎，那个就是收到老公一大把花的女人，他们十年夫妻了啊。

在生活的细碎里，她不再执拗于两个人的烛光晚餐。跨国旅行，她把这些浪漫都平摊了在生活里。她懂得夸奖，对老公的换灯泡技术报以夸张的马屁；她也懂得服软，知道吵架时不做说最后一句话的那个人。

因为她懂得婚姻生活的真谛：我们花了那么多时间和感情，去和一个人结婚，不就是为了能一张桌子上吃饭，一张床上睡觉吗？现在我们做到了啊，还有什么不满意？

百无一用是主妇？

01

北京闺密的企业家老公，要给她配一个司机。司机坚持不懈给她发了一个星期的"×太有事随时召唤"后，放弃了勤恳待命，因为闺密实在是个无地想去的宅女。

"太尴尬了，觉得自己浪费社会资源。"我们当面狠狠抨击她边炫富，边秀恩爱，然后心地善良地安慰，"他是怕你被绑架。"

闺密笑了："别闹，你看到哪家绑架主妇的，都是绑架男主人和孩子。绑到主妇那给绑匪的可就不是赎金了，是撕票酬劳。"

我们集体沉默，空气突然安静。真的"百无一用是主妇"吗？

02

一句玩笑话，引发了在座女人们各怀心事的沉默。因为这句话有它的环境背景。

这个背景就是频发的幼儿园老师虐待儿童事件。把孩子送进高端幼儿园的精英家庭，都充斥着不安全感。若有用钱解决不了的问题，那么就要开始人力成本核算了。

首当其冲被推出去保障下一代安全的，就是妈妈们。无论你是外企高管、创业巾帼，还是后勤富太，都被打了预防针："现在不安全，你要多管管孩子，什么都是虚的，孩子才是自己的。"

这话没毛病，妈妈们本身也如履薄冰，但这话从家庭成员的口中自然淌出，剥落了一个假象：女性看似得到了现代社会同等的就业权、话语权、社会地位，但实际上，那只是一种利用式的让渡。在女性创造同等社会价值的同时，女性依旧必须是家庭和后代的第一负责人。

幼儿园老师虐待儿童事件发生后，更是有一股奇怪的舆论控诉："这些妈妈不负责任，孩子三岁前就应该在家相夫教子。"还有的大言不惭："中国走向倒退的一步，就是让女人走向职场，男主外女主内的优良传统被打破了，才造成了社会动荡。"

对于这种言论，我们大约会拿出中国女性工作率世界第一，对社会贡献居功至伟这样的数据来驳斥了吧？

不幸的是，中国女性工作率68%的世界桂冠，只是2010年的数据，并且在2010年的光鲜亮丽的数据后，女性在城市的收入只有男性的67.3%，农村为56%。也就是说，我们拼死拼活的巅峰，就业待遇差依旧存在。

2016年，中国女性的劳动参与率是63%，降至世界第43位。《全球性别差距报告》里，中国女性落后最明显之处在于"天花板"，也就是高管和高职高薪与男性存在巨大的差距。数据太难看了，没有一项超过20%，还有个位数。

可能我们看完大数据都有一个疑问，现代女性接受了平等的教育，为何大数据还是显示，女性就业走向了倒退？

回到最初，因为百无一用是主妇。在独生子女政策和代际关系日益淡漠的今天，传统几代同堂式家庭走向消解，我们的核心家庭，也就是次生家庭纷纷自立门户，那么牺牲掉工作机会，主力柴米油盐的是谁？只能是同样接受过高等教育，完全可以独当一面的现代女性。

遗憾的是，我们牺牲了那么多，社会依旧觉得我们做得不够。我为了生儿育女，蛰伏遁世，专心带孩子三年，前往摩洛哥公众号落地活动十一天，依旧有人带着批判问我："你怎么像是没有老公孩子的人？"

03

世界如此刻薄，风口浪尖、四面楚歌的女人们在想什么呢？

《再野一点》天津签售会上，一个朱唇粉面的美粉在提问环节问我："亚姐，现代女性真的很累，有老公、孩子还有工作，到底应该怎样去平衡这样的生活？"

我给的答案很官方："人要为自己的选择负责，既然你贪心，什么都想要，那么你就必须接受自己的累。"

我在想：中国女人太善良了。包括我在内，都兢兢业业，老实本分。在实现自我价值的路上战战兢兢，生怕怠慢了家庭，丢掉了金声玉韵、蕙质兰心。有时候不是我们想要的多，而是集体无意识的盘剥，与我们路漫漫其修远兮的追寻，发生了无奈无力的冲突。

怎么办？只能熬。只希望在这条心甘情愿变成千手观音的修炼之道上，当发生诸如幼儿园似的意外与恐慌时，不要推诿质询。修身齐家治国平天下，是无关性别的。

你愿意嫁给你自己吗？

01

女友要闹离婚，说自己实在受不了老公的冷淡。

她所谓的冷淡就是：老公没有在生日零点祝福，没有准点接她下班，以及没有夸她的新美甲好看。

她说："我就不懂了，他当年一个无房、无车、无家世的男人，能娶到我这样的老婆，不应该好生侍候着吗？"

我这个女友的条件是不错，硕士毕业，公务员，肤白貌美，追求者大约从铜锣湾排到尖沙咀。最后她选了潜力股暖男，觉得他靠谱又好欺负。

于是我问："如果你是男人，会娶你自己吗？"

她笑说："那我做梦都要笑醒了啊。你不觉得我们这样的女人，其实只能嫁给自己吗？"

我说："我可不想娶自己。我长得再美，可是脾气太差。我身材再好，可是心眼很小。我学历再高，可是生活能力约等于零。我才华横竖都溢，扛不住我算不清账、五谷不分。我要是个男人，和这样的老婆生活在一起，得受多大委屈，折多大寿啊。"

女友怔住了："你指桑骂槐。"

02

唐代女道士李冶说："至亲至疏夫妻。"

为什么亲？因为姻亲，因为柴米油盐朝夕相处。

为什么疏？因为我们不再伪装，剥下恋情的美好，剩下真实的丑陋，我们是彼此的骗子。

我们把谈笑风生给了陌生人，把隔夜无仇给了父母血亲，把耐心温柔给了孩子，而给伴侣的恰巧是剩下那部分最懒得修饰，甚至刻意放肆的部分。

很多女人，特别是像我女友那般条件优秀的女人，通常经营不好婚姻。尽管我不想把女人物化，但事实上，她们表面上怒斥相亲式的计算标准，婚后仍然不自觉把自己在婚恋市场上的那些砝码，比如样貌、财富，林林总总定位成一笔交易。你看啊，我那么优秀，所以你娶了我就得端着我。

她们对婚姻，总是居高临下的睥睨，总觉得自己屈尊下嫁，恃美而骄，恃美而躁。

她们不明白婚姻最终落入相处，你的所有条件都归零，衍化成生活能力、理财能力、情绪管理。这才是决定对方是否能爱你如初、你们是否能经营好婚姻的筹码。

我的另一个女友结婚前，我和她进行了两个小时的深度密谈，谈论的主题是：这个男人配不上你，你们不在一个频道，你要不要为了自己的终生幸福，做一个忘恩负义的逃婚女人？

我并不是轻易会劝人的人，我白费这一次努力的原因是，我武断地都能预见，这将是段失败的婚姻。

两个人条件差得远并非我反对的理由，而是我的女友，从骨子里看不起她的未婚夫。房、车是女方家的；女友本人是学艺术的文艺女青年；而未婚夫开辆二手桑塔纳，高中辍学就开始风风火火闯社会。女友被差异性吸引，但也时刻抱着自己的优越感。

她断然拒绝了我的"离间"，铁骨铮铮表示我是个不懂真爱为何物的封建卫道士。

义无反顾结婚后，她经常和老公吵架，鸡毛蒜皮的事都能弄得鸡飞狗跳，经常就是老公一个刹车没踩稳惊到了她的小心脏，或者是一个"梗"接慢了，又或是给她盛好的饭菜凉了，都能成为她怒火中烧的理由。

这是娶了个老婆吗？这是供了个老佛爷。

这个女友最终以离婚收场，女友特别不明白为什么，我也问了她同样的问题："换作是你，你会想娶这场婚姻里的自己吗？"

03

是，我们貌美如花，也能赚钱养家，为什么在女性意识觉醒上升时代，我们依旧需要婚姻？因为需要一种家里抽屉可以不锁，可以素面朝天，睡成大字的亲密关系。在这场婚姻的亲密关系成功建立后，最重要的功能是被需要和放松。

你们彼此信任对方的能力和品行，可以完成一个势均力敌家庭的建构。你们彼此坦诚相对，把家庭当作休憩站，共同抵御生活的洪流。当这两种功能消失，对方感到压抑和不被需要的无能，那么任你如人中龙凤，都无法挽回溃败。

我的朋友，漫画家慕容引刀说过一句话："有时候，所谓和睦相处，就是习惯了另一个人的坏习惯。"这句话放进婚姻里再恰当不过。你的美貌和能力对婚姻的贡献指数，只是华丽衣袍之表相，我们人在婚内的自省和自我定位，只要掰着手指头，算算自己有多少坏习惯，就一目了然。

然后问问自己，你愿意嫁给自己吗？如果不愿意，那么，请收起那些傲娇好好修行。

对对对，别人找对老公都是运气好

01

亚姐经常和粉丝分享一些有限的人生经验，旨在告诉大家："这条歪路我走过了，你绕道；这条路我正在走，不堵车；那条路我没走过，但是我有导航，可大致估算路况。"

我曾在一篇文章里提到了我和老李的婚姻，有粉丝不服，说："我发现你总是把自己的幸运当作通往成功的道路。"

我当即就笑了。我并不生气，只是有点儿担忧，当你将别人的成功都定义成幸运时，那么你离不幸就不远了。

我们对感情通常有误解。我们往往觉得事业可以努力，而感情就坐以待毙等待上天的垂怜，眼巴巴抬头望天，指望扔下来一个"高富帅"。遇人不淑就痛哭流涕"为什么我总是遇见渣男"。

感情感情，感性用情。情之所至，悄无声息，无法自控；情之所困，又包含太多不甘心与不服输的微妙。在感情里，我们需要对抗的是人性和本能。所以需要努力的程度更甚，努力的技术含量更高，才能得到感情的最优化结果——如果你的最终诉求是获得一桩尚可的婚姻的话。

我们在结婚前、恋爱时需要努力的地方太多了：你需要努力分辨渣男；你需要努力从渣男身边全身而退，因为渣男大多迷人；你需要努力不作不闹，不把好生生的感情糟蹋成枉然；你又要努力带一点儿作，作得恰到好处，不卑不亢，让他不会轻视你；你需要努力从众多的男友、备胎里找到那个门当户对、势均力敌的适婚对象……

你看，努力的地方那么多，包含着眼界见识、情商智商、情绪管理，还有果敢决绝。所以很多时候，我们在恋爱里觉得无能为力、无力回天，只不过是因为不够努力罢了。

02

迄今为止，我碰到在恋爱这件事上付出的努力，可以用跪拜来形容的，是我的女友伍倩。她不是努力恋爱，她是努力不轻易恋爱，因为她知道自己要什么。

她也是在美貌与智慧并存这件事上，唯一让我输得心服口服，甩我一个维多利亚港的女人。她现在是北京大学法语系的老师。我们集体估摸，上课的时候可能有学生不会好好听课。这样貌美如花的老师站在讲台上，你会研究她粉底色号吧？

她虎视眈眈踏入文化圈，一出手，就是一本 80 万字的小说，已经进入了影视化筹备期。她自己的生活也很圆满，老公是个"高富帅"，有个可爱的三岁女儿。

你看到她，会觉得这就是天之骄女的顶配。也许你也会盘算嘀咕：她一手好牌，不都是上天赐予的高智商和高颜值？随手王炸，就能赢得漫不经心。

实际上，越是美，越难把控自己的人生。美人易招蜂引蝶，易过早陷入情爱旋涡，美是武器，亦能自伤。

她在豆蔻之年，已经是全校最受欢迎的女神。在那个情窦初开的年纪，面对各种荷尔蒙朝气爆棚的男孩们，她却坚定了一个信念：我要么选择在前途未卜时和一个十几岁的小城市男孩卿卿我我，要么选择在最好的大学和全国最优秀的某一个男孩子花前月下，我无法两样都要，我决定要后一样。

信念与坚持让她成为陕西咸阳某所中学五十年里，第二个考上北大的学生，一路读到博士。她的初恋是北大某个传奇男神。再后来，她认识了在人大读书的老公。

过来人都知道，抵御那些面红心跳的情愫有多难，丢掉那份此去经年的青涩回忆有多遗憾。但她不后悔，她得到了她想要的婚姻和人生。

所有的幸运背后，都有割舍和选择，都有遗憾和获得，女人如若都能从一开始就知道自己要什么，一往无前。那么这世上会少多少情感上的怨妇，而增添多少拥有话语权的精英女性。

03

伍倩这样的自持和远见，属于百里挑一。大部分女人如我，天资愚笨，无早慧之自笃，经不起初涉红尘那种不由自主的好奇，早恋没落下，也见识过各式渣男。

我对于情感的努力在于，经历越多，我越"势利"，当我明白，和对方没有未来的可能性，哪怕伤筋动骨，也会果断结束。

我有一个女友，她花了七年的时间，把全部身家尽数赔上，才彻底从一段错误的恋爱中抽身出来。离婚时她已然三十二岁，孑然一身，两手空空。她经历了一场玉石俱焚、浴火重生的涅槃。

你看，在恋爱上努力决断，对于女人来说，比任何事业更艰难。感情那么微妙，与自己的青春无处不勾连，经不起一点儿纠缠，禁不住一点儿心软。

但女友做了这个损失巨大的决定之后庆幸又后悔。庆幸的是，她就像十年之后的唐晶，终于不需要再做那个对方希望她成为的人。后悔的是，如若早些分开，彼此也许不用蹉跎七年。

如果眼见无望，快刀斩乱麻，再即刻转身，去努力勘探搜索那个正确的人。这样并非无情，而是对彼此认真爱过最好的交代，你们节约彼此的时间成本，成全彼此未来的幸福。

最后，找到了那个正确的人，步入婚姻，我们的努力就要告一段落了吗？不，那是新一轮更艰难努力的开始。

你需要努力不朝三暮四，不要觉得那是男人的事，李孝利说了："我怕自己出轨。"这话没毛病。你需要为鸡毛蒜皮忍耐，为儿女教育抓狂；你需要平衡双方父母，处理好原生次生关系；你需要做家里的 CEO 和 CFO，管好这一百多平方米的家庭公司；你最需要努力的，是如何在漫长的岁月里，抵御中年危机和审美疲劳，让你们夫妻双方找到亲情和爱情的平衡。

不要说完美婚姻就是运气，因为即使合适如老李和我，也有过几十次想掐死对方的小心思和几次大的内部矛盾。我们携手在努力经营的路上且行且珍惜。而我，不间断地在朋友圈、公众号里露出岁月静好，恩爱缠绵，不失为努力的一种表现方式。

大男子主义如蔡澜先生，太太那么爱他，允许他浪子桀骜，终生丁克，在我采访时，他也对我说："婚姻嘛，都是要忍耐。"

每一种婚恋都有自己的相处模式，而每一种相处模式，都需要人为的努力，哪怕你们天造地设齿轮咬合。

少女心是个好东西，任何女人都可以终生拥有，一点即燃，我们依旧可以用最敏感共情的心，去体察这个世上所有爱恨嗔痴的美好。

可我们逐渐成熟，懂得这世上最要紧的事是爱自己时，也可揣着一颗少女心，但不再行少女事。不再是你钩钩手指，我刀山火海；你挥挥衣袖，我哭天抢地。而是我努力去寻找，筛选我想要的爱情和婚姻，最后你爱我，我也爱你，我们势均力敌，共同努力。

有一种婚，是一定一定要离的

我有个粉丝，"80后"，毕业之后全额奖学金去德国留学，之后又在德国考了研究生，结了婚留德工作。

第一段婚姻失败后，她回了国，筚路蓝缕，建立起自己的事业。对婚姻毫无念想，直到遇上了他。他们都离过婚，有着相似的经历，男人是个精英，有着自己的生存逻辑，时常给女人动之以情晓之以理的嘘寒问暖。

男人跟她说："你不需要上班，我养你。"

这句话对于曾在花花世界沉浮俯仰的成熟女人的杀伤力，不亚于让她坐上旋转木马再给她塞块流心巧克力。

所以女人头脑一热，就跟男人去了法国，并决定洗心革面，好好做妻，改掉高知女性的强势姿态。

按照说好的，男人负责赚钱养家，女人素手羹汤，男人倒是没说谎，但是他隐瞒了自己精力之旺盛，赚钱养家的同时也能亲自做管家。

他要求垃圾桶必须按照他的要求摆放；洗菜一定要用洗菜机；洗衣服不用分类——他的每一项指令，都有他的科学理论支撑。并且，超过五十欧元的支出，都要给他看账单。

说到这里她泣不成声(我猜的)："我又不是菲佣，我也不爱奢侈品，五十欧元只是去一趟超市的支出，难道我五十欧元的主都不能做？"

她据理力争，男人说："这不是钱的问题，是秩序。财政大权是我的，我有权利过问。"

在生活的其他方面，男人依旧有他的婚姻准则，那就是：你的问题你自己解决，我们的问题按照我的方式解决。

男人让女人的父母给他在国内下载电子书，老人家不太会操作，男人一直追问，女人被问烦了，就吵了几句。

冷战是女人主动想结束的，她那会儿正在看《亲密关系》，于是跑去坐在男人大腿上说："对不起，刚才是我不对，跟你发了脾气。我爸爸从小打压式教育，所以我总是认为，我做不到的事就是我的错。我不是生你的气，是懊恼自己没有帮到你。"

男人说："你不要跟我说你的童年阴影，那是你的事，你要自己想办法克服。"

女人教他练瑜伽，他一定要女人去拿瑜伽垫：因为这是教练与学员的关系，没有学员会自己拿垫子。

在男人眼里，女人很幼稚。女人和他分享影视书，他说："你去看看哲学书。"他认为世界上除他之外的所有人，都很浅薄，他乐于和他们微笑，但会在背后说一句"傻帽儿。"

我的粉丝说："他是所有人眼里的精英好丈夫，不抽烟不喝酒不出轨温文尔雅。我二婚遇到这样的男人，再去想离婚是不是不知好歹？"

众所周知，我是劝和不劝分派，写过《你劝她离婚要趁早，你替她过接下来的日子吗？》和《不离婚你就闭嘴》。

因为我知道，全网人民都无法原谅别人的老公，但事到临头，冷暖自知，又是另一回事。

但是我也有一刀切的底线，有几种婚是一定要离的，有几种男人是完全碰不得的，除了黄赌毒，还有一种，叫killer式男人（"慢慢杀死你"的killer式男人）。

我的粉丝遇到的就是这种killer。

killer一般有几个手段：

1. 想尽办法隔绝你

killer要建立自己的逻辑世界，必须先要切断你的后路。

她遇到的killer，使用的手段是让她成为家庭主妇，断绝社会关系。

我的另外一个朋友，遇到的killer男朋友，所采用的手段是指出她身边所有的朋友都包藏祸心，所有的同事都是燕雀之辈。

让你发自内心觉得：普天之下只能信任他。

2. 记得你的每一个错误，并反复打击你

killer通常心细如发，脑子里藏着一个小本本，写下你所有犯过的错，在你每一次犯错时，都累计清算。

让你发自内心地觉得：我的罪恶罄竹难书。

3. 在每一件事上都要获得话语权

killer之所以是killer，是因为他是一个没有感情的杀手。此消彼长，killer拥有严密的理性逻辑思维，在相处初期是星星眼的闪光点，到了中后期，就开始指鹿为马、黑白颠倒。

他会用他自成一格的逻辑，旁征博引，让你发自内心觉得：他说得对。

我的粉丝遇到的这个 killer 更难缠，他会说："我给你一个建议／如有冒犯，请多原谅。"

他的真正意思是：照我说的做。

你一定会慢慢照他的逻辑做，因为假如你不听建议，他就化身行走的复读机，一遍遍"安利"他的逻辑。假如你烦不胜烦听了建议，那么你让 killer 又获得一枚鼓励星星。

他会进一步在其他事情上教育你，直到你成为他的 white walker（失去思考和人性的丧尸）。

4. 他解决不了的问题，都是你自己的问题

killer 没有感情，所以他也有短板，他不会解决情感问题；或者他也有他并不精通的领域。

这个时候，他也能全身而退，保持他全对的纪录，那就是：那是你的问题，与我无关。

沟通在他那里是无效的，只会得来一个结果：不是你错就是我对。

killer 的可怕之处在于，他会一点点扼杀你的自尊，禁锢你的手脚，取缔你所有的自由，让你成为他逻辑体系里的奴隶。

而你毫不知情，一步步成为助纣为虐的自杀式 killer。

她被虐成什么样了呢？我问她专业学的什么？她说本科英语，研究生德语，我说她好棒。她说不值一提，会说话算什么本事？

她在这段婚姻中，已经被洗脑成一无是处的主妇。

我与她在微博私信聊了两个小时，她四次对我发起"你困不困？烦不烦？"的提问，小心翼翼如履薄冰，完全被训练成了讨好型人格。

我说这不是她的问题，她说婚姻是两个人的事。她已经学会了过度反省，自我加罪。

她说她需要专业的心理咨询，我说她最需要的是离婚，再次自立。女人三十一朵花，去他的婚姻。

上等婚姻势均力敌，螺旋式缠绕上升；中等婚姻各取所需，磕磕碰碰成全自己；下等婚姻饮鸩止渴，相爱相杀同归于尽。

而 killer 的婚姻是地狱模式，是一场灵魂的谋杀。活着不好吗？

往后一步是自由，往前一步可能就要面临真正的谋杀，因为他们基本都有极端人格和反社会倾向。

如果你有 killer 式婚姻，请果断自救，如果你有一个 killer 式男友，请保重。

如何分辨 killer 式男人呢？我那个经历过 killer 式男友的朋友告诉我几点经验。

1. 他很健谈，不是普通的侃侃而谈，而是每一件事都能找到论据的健谈。

2. 他的价值观极端，世间没有灰色，只有黑白。

3. 他的朋友极少，多是泛泛之交，他对身边的人评价普遍不高。

4. 他记得所有的纪念日，会制造惊喜。细心程度超乎你的想象。

5. 他有极重的占有欲，告诉你世界上只有他对你真心，其他男人都不是好东西。

这样的男人在初期会获得你的好感，让你觉得你捡到了人间瑰宝。这就是我的这位"高知粉"能上钩的原因。但渐渐地他会逾越底线，扼住你自由的喉咙。

当然，也有能和killer和谐相处的女人，她们已经在长年累月的洗脑中，由斯德哥尔摩综合征进化成了同党。她们把被囚禁自我美化成"保护""幸福"，并滔滔不绝和你说"就应该听男人的"。

你可以嘲笑她们，但有的人天生就希望被人奴役，因为如此一来，她就不需要对自己的人生负责了。

幸好我们这一生不羁放纵爱自由。

好吧，有过killer男友的朋友就是我。知道我当时想方设法分手后，说的第一句是什么呢？
我望着天空说："若为自由故，什么都能抛。"

为什么有些女人总是遇到渣男？

01

在南京和老闺密约会，她突然收到来电，她的朋友发来求助："前男友追到家门口了，请速来支援。"

我好心地叹口气，把准备出发的老闺密摁住："你去干吗？看相爱相杀、纠缠到天亮的偶像片吗？让她有人身安全就报警。"

僵持片刻，那头果然发来了撤回请求的消息："刚才我冲动了，你不用来了，我和他好好谈谈。"

我说："我们来分析一下，她发来的求助，类似于一种昭告天下的撒娇'唉，好烦，他又来纠缠我了。'又及时截断你的去路，因为你一去，就会破坏他们爱恨交织，推推搡搡互扇耳光的小剧场。"

我再掐指一算，问老闺密："这姑娘是不是总遇到渣男？"

老闺密头如捣蒜："是啊，人漂亮，工作也好，也独立，就是过不去情感这关，全身心投入在渣男身上，这到底是为什么呢？"

为什么？这世上就是有一类姑娘，清醒地知道对方是渣男，只不过不甘平淡，不愿服输。浪子回不回头无所谓，因为她享受的就是渣男才能带给她的"令人愉悦的忧伤"。奉献、受伤、纠缠、等待、痛苦等元素都在"令人愉悦的忧伤"范畴内。

02

我们每一个人身边，都会有一个从琼瑶书里走出来的范本女孩，天生丽质难自弃，梨花带雨我见怜。

她们好像知道自己的优势，一茬茬换着男友，甭管高矮胖瘦，男朋友唯一共通点是渣。然后就理直气壮、刀刃相见，欢笑和眼泪共存，争吵和出轨佐餐。

她想要的是渣男带来的爱情：叛道离经、撕心裂肺，乃至红颜祸水都是自己美貌的见证和爱情来过的证据。

她们好像又不知道自己的优势，面对优质居家潜力男，以及可以想见的完美人生前景，就退避三舍，眼睛移位至头顶，生怕沾染了一丝庸俗烟火气。那种男人，只配领张好人卡啊，爱情这东西，还是自己折腾的香。

我也有过如此阶段，琼瑶、安妮宝贝给我们示范了爱情应该经历枪林弹雨、众叛亲离，才能彰显它的忠贞隆重，好像不跟渣男谈一场恋爱，枉费青春。

我是如何从这种"令人愉悦的忧伤"中走出来的呢？因为我有一个毫无套路的爸爸。

他在我年轻时对我所有的恋爱都进行了残酷的打压，给了我奥斯卡戏精的发挥空间。当他发现我和他一样属于越挫越勇型之后，就改变了战略部署。

在我再次谈了一段隐形渣恋爱后，他只是淡淡提点了我两句，然后说："爸爸不参与，你自己看着办。"

失去了阻力，没有了生死诀别的流泪戏码，我好像一下子不知所措，恋爱中本身的问题浮现了出来。我才发现自己好像并不是爱这个人，只是爱这种每天有存在感的感觉。

03

再往后，见过的恋情越多，间接经验也告诉我一件远离"令人愉悦的忧伤"的重要原因：世上万物能量守恒，你用力过猛，情感用得太跌宕，那么留给你未来一半的情感就不多了。换句话说，你爱不动了。

我曾经有一个风流倜傥的女朋友，历经渣男后觅得良人，可总是郁郁寡欢。她也不是不爱老公，就是觉得生活没劲。实际上她透支了情绪，当情绪阈值被过往渣恋情提得过高，就容易对生活中的点滴温柔视而不见。

渣恋情确实很爽，当下给你被需要的存在感，中年回顾往事，也能就着烤串啤酒有料可抛。但是为了你能留片刻温存与浪漫给 Mr. Right（真命天子），还是要省着咆哮和眼泪，用来度过柴米油盐酱醋茶的日子。

毕竟，要轰轰烈烈有何难，难的是在平凡生活里不断重新爱上对方。

那么，如何分辨自己是真的爱这个渣男，还是只爱渣男带来令人愉悦的忧伤呢？又如何改变自己的吸引渣男体质呢？

1. 排除所有阻力项再思考

比如爸妈的反对，成长环境的巨大差异，来认真地思考一下，当阻力消失，你俩之间到底三观合不合？灵魂配不配？性生活和谐不和谐？

2. 不要被套路蒙骗

渣男多迷人，渣男的迷人有一部分是来自百花丛中过的经验值，嘴甜手脚快。

你觉得他对你是真爱，在他看来只不过是重复的套路。所以，一个男人如果情话汹涌，张口就来，那么你要当心，男人遇上真爱，嘴拙着呢。

3. 用管理学的方法来分析恋情

一张白纸，左边写为什么要爱他，右边写为什么不能爱他。当左边只有"我爱他"，右边却写满了"不上进、脾气差、花心又自负……"这种情况下，你显然遇到了一个渣男，不是骗财就是骗色，你为什么还要继续爱他呢？

4. 多见点世面，多赚点钱

按照我的经验，享受"令人愉悦的忧伤"的姑娘，通常在其他地方的存在感不强，没有钱等着她去赚，没有事业等着她拼搏，也没有世界等着她拯救。

于是爱情和爱情不遂的忧伤，就成了她立足于世的所有存在感。当你发现世界那么大，有趣的事物那么多时，爱情里那些亘古不变的爱恨嗔痴就显得乏味单薄了。

最后，姑娘们，请用百分之六十的心谈恋爱，用百分之四十的脑子谈恋爱。因为尽管"令人愉悦的忧伤"很美，但耽误的是你自己的美貌和青春，赶紧和渣男说再见。

没有"蓝颜知己"的女人，掌控不好婚姻

01

微信公众号更新，偷懒发了一张图，说我陪两个"直男"朋友看《复仇者联盟3》。

发完后有人对我人身攻击，大概意思是：天哪，作为一个已婚育妇女，你不贤良淑德、洒扫庭除，居然半夜三更陪老公以外的男人看电影？你丧心病狂、伤风败俗！

怎么了呢？我的男性朋友十个手指都数不过来，都是可以随时叫出来喝酒、聊人生、聊理想、聊两性、聊阳春白雪下里巴人的"好兄弟"。

难道一个已婚育女人，就该套上镣铐，锁住贞操带，日常可接触的异性只能是老公、儿子、爸爸、公公？买菜的时候也要小心翼翼，只能买母鸡和雌鱼？

世界上的性别只分男女，他们在我的人际交往层面，没有质的差别，但能从不同的方面给我人生裨益。

我想说的是，一个没有男性朋友的已婚育女人，她会逐渐失去对

婚姻的把控。所以每一个已婚育女人，都应该要有自己的男性朋友。

讲道理！

02

首先说，男性朋友能给我的裨益。

打个比方吧。我生完女儿后陷入了彻底的产后抑郁，反复思考终极问题：人生的意义。

我觉得人生白眉赤眼来遭，稚嫩婴孩如何天真烂漫，也就八十年阳寿，还要八苦缠身，不得快乐要领。自救过程除了去学心理咨询，也免不了像祥林嫂那样去跟朋友们掏心置腹哭诉。

和新老闺密们的倾诉过程大约是这样的——
我："人生好没有意思啊。"
她："你怎么了啊？老李怎么了？出了什么事？你可不要瞎想。"

然后我把我内心的困惑恐慌统统甩出来，最后的结局基本是两个人抱头痛哭——我把她也带到沟里去了。

为了不再伤及无辜，我去问了两个男性朋友。一位是大体物理学家，他在广州一个清吧喝着小酒，跟我用我能听懂的语言，讲述了人类与宇宙的关系。结论是：人没有你想象得那么渺小，人类的智慧是绝对的，而不是相对的。人生的意义在于把这种伟大基因传递下去。

另一位男性朋友是哲学家，他在香港书展吃午饭时缓缓抬头说，如果人类灭绝，那么基因的传递就没有意义，所以人生确实是无意义的，活的是过程。

最后解开我这道题的是老李，他反问了我一句："你能改变这件事吗？如果不能，那么想它干吗？"

你会说："不还是老公？"不，在那一刻，我把他当成了男性朋友。因为我没有情绪与撒娇，而是探讨问题。

这三位男性都不会把这道题当成情绪失控或遭遇不幸的揣测，而是进行了解构和分析。

当一件事可以解构和分析时，这种形式本身就充满力量和稳定感。你能从男性朋友身上学到的力量、稳定、决断、逻辑、计算、本质，这些都是绝大多数女性身上或缺的，你想要更强大，就要见贤思齐，无论男女。

03

为什么我说，一个没有男性朋友的已婚育女人，她会逐渐失去对婚姻的把控？

因为在婚后，当你长年累月朝夕相处的只有老公一个异性时，就会不自觉把两个人的相处等同于鸡毛蒜皮，学区房、房贷，把他只当成生活伙伴，而逐渐丧失对对方的理解力和同理心。你内心认同：已经结婚了，还有什么必要了解男性？

再打个比方吧。前段时间我的男性朋友给我推荐了朱文的书，我选了代表作《我爱美元》。阅读体验异常难受。

小说讲的是一个青年带老父亲去嫖娼的故事，全过程把女性物化。这让我想到冯唐和石康早年的荷尔蒙小说，充满了暴戾、生物性。

但我平静地和男性朋友讨论了读后感。

他说："表征上似乎没有差别，但是朱文是借助性的内核写其他东西。可能因为你是女性本身，所以会排斥这种物化女性的手法。但实际上，男人的思维方式就是喜欢物化一切事物，解构、顺逻辑，这是男性通往理解的唯一途径，包括女人。"

这段话解答了我两个问题：一、男性有时候并不是故意物化女性，而是一种生理思维本能；二、直男一直被诟病的不解风情，实际上也是两性差异，对于同一件事，女性的出发点是感情与情绪，而男性是逻辑和事实。

如果换成生活中的片段，也就是：

女："我的车突然熄火了啊，怎么办啊？早知道不开车出来了！"

男："你先试着转动钥匙。"

女："你什么态度啊！我都那么倒霉了你什么态度？"

你猜这段对话以及衍生理解，对我今后的婚姻有没有帮助？对我的两性写作有没有帮助？当然还有更直接的，当我和老李发生矛盾，我找不到任何突破口的时候，我就会向我的男性朋友请教，这件事，作为男人，他是怎么想的？

04

最后要回答一个老掉牙的问题：男女之间有没有纯洁的友谊？

我想反问一句：同性之间有没有纯洁的友谊？我的答案是没有。

你和闺密之间，一定是有互补欣赏之处，又或者是惺惺相惜之相似。我们通过这些或缺或者自恋，来决定人与人之间的亲疏。男性朋友也一样，他身上一定有某种气质特质，吸引了你。这是肯定的。

那么这个问题其实要解决的是，界定男女友谊的性质。我的答案是：看个人修行。

如果你认为，男女之间最终的关系只有形同陌路与如胶似漆，那么这道题是无解的。如果你认同情感之珍稀与微妙，那么一定会有一种方式和尺度，让这种情感落地。

再者，我认为一个女人，如若终身价值就在于老公的一句肯定，那么这个女人真的只是索然无趣的附属品。我们的聪慧明艳就只能通过爱情体现吗？

有一部电影叫《你好安妮》，我很喜欢，讲的是一个法国男人带生意伙伴的老婆法国三日游的故事。

安妮是万分无奈被工作狂老公迈克丢下的，然后毫无选择地跟老公的合作伙伴雅克开车去巴黎，最后满心欢喜解决了自己的中年危机。

是爱情吗？不是，是一个生活已然毫无涟漪的已婚育老女人，被法国情趣取悦后的重生。

想吃什么，老公是多点一个汉堡都觉得浪费，雅克是你不要选择恐惧了，这张菜单我包了；想做什么，老公是一分钟都算钱的功利计算，雅克是去展览馆吧；想得到什么，老公是给了你家财万贯，做富渥太太就够了吧，雅克是喜欢玫瑰啊，那给你一敞篷车。

安妮当然不会因此离婚，因为这是一种法式礼貌习惯，但这种不搭界男性的殷勤，对于一个五十多岁的女人来说，真的比爱马仕、跑车、儿女上哈佛剑桥更快乐了。因为她因此知道自己还有魅力，还活着。

我们当然不用去刻意惦记这种偶遇的法式取悦，我举这个电影作为结尾案例，是想表达，男女之间不只爱情与陌路，也有单纯的欣赏与取悦。

结婚生子并不能使一个女人戴上项圈，成为某个男人的附属品，我们依旧有生机勃勃的生命力，去结识美好的人和事。如若在乎性别，要么你内心还认同三从四德，要么你还是太黏人，渴望无处不在的爱情。

最后，不要双标，我可是允许老李有很多异性朋友的人哦。信任与自信，能从各个维度让这段婚姻更美好。

这世间最悲戚的两性关系，就是捆绑式情感

01

在一次跟朋友们的聚会中，聊到了女人的侦探体质。

一姐们儿，查男友出轨的方式已经超脱出"望闻问切"，直逼柯南、卷福——她观测男友的微信步数，一旦在某个时辰某个地点停留超过两个小时，就会重点排查男友这一段时间的行程安排，问出直击人心的终极问题："你从哪儿来？你去了哪儿？你干了什么？"

听得在座的男士毛骨悚然，人人自危，纷纷拿出手机关闭自己的微信步数。倒不是心中有鬼，只觉得这样的天罗地网太瘆人。这哪是有个女朋友，倒像是安插了个克格勃女战士。

女人们气定神闲，笑而不语，翻个白眼说："这算啥，一点儿技术含量都没有。我一个女友钻研男人出轨的方式才叫世界绝学：出差回来，发现厕所里用过的厕纸，折叠的手法和自己迥异，于是判定，男友出轨了。"在座的众人，包括亚姐开始绞尽脑汁回忆起自己折厕纸的手法，一时之间意乱情迷，都不会正确地如厕了。

上面所讲看似笑话段子，细想生怜：这世间最悲戚的两性关系，就是捆绑式情感。

02

多年前有个女友婚姻危机，和老公结婚八年，膝下无子，健健康康的两人反复医治也无果，最终产生了芥蒂，日日争吵冷战。

女友因为是多年主妇依仗老公，又有生育这个坎儿，变得有些神经质，她坚定地认为，老公一定会另寻下家，抛弃糟糠。于是老公夜夜加班就成了女友的心病，她申请了一个QQ小号，成功混入他们的单位群，时刻暗中观察老公的工作动态，加了群里每一个疑似情敌。一到九点老公未归，女友就开始电话短信轮番上阵。

我劝她："若要挽回婚姻，好声好气谈，别草木皆兵像个戏精。要是真有点儿花花草草，你这行为就是推他出门的最后一道力。假如没什么，将来东窗事发，你的身份被戳穿，就置老公于嘲讽讥笑之中。"

女友不听劝，日日缠我让我教她如何不动声色上门查岗。虽然我不赞成她的做法，但也见不得她夜夜辗转难眠，于是做了一回狗头军师："你就买一袋子夜宵，送到单位发放，说慰劳老公，顺便看看同事。但是切忌长久逗留，放下夜宵就打道回府。把这种查岗控制在爱的关切的范围，不能流露出监视的意向。"

女友还是不听劝，送过去后发现老公真的在加班，长舒一口气，但又见其他工位有年轻女同事，放不下心，硬是陪坐到凌晨收工。老公的唉声叹气和眉头紧锁，都抵不过她理直气壮的"正房姿态"。回家少不了鸡飞狗跳。

老公的反抗肯定了女友的判断，她索性歇斯底里，开始地毯式搜寻老公的行踪。老公和助理谈完业务，从公园抄近路回公司，被她捉了个正着：好一对狗男女，光天化日谈情说爱。顺手把照片发到了单位 QQ 群。

结果很伤人，老公辞掉了工作，一定要和她离婚。离婚当日两人酒后长谈，老公说："本来我想工作努力点儿，多赚点儿钱，带你去美国做检查。但对不起，犯人一样的生活我真的过不下去了。"

婚姻就是这样，若他心本澄明，只是倦怠，本该促膝长谈。这天下，又有多少女人，自己是始作俑者，把好好的日子查成了图圄，让对方只想挣脱逃离。

若他真的朝三暮四，你想方设法查到的也不过是既定事实。对事情本质毫无撼动。查到后是改过自新还是分道扬镳，那都是另一回事。

03

你说女人的第六感就是很强啊！是，在某些时刻，女人的第六感能力挽狂澜，让自己从渣男手里逃脱，但更多时候，侦探游戏是女人的不自信、不信任、不独立给她未雨绸缪式的臆想第六感。

两性嫉妒是天性，适当地表达自己的在乎无可厚非。可若变本加厉，变成了你追我赶的侦探游戏，这真不好玩，也没有人愿意陪你玩。

所以为了避免作茧自缚，请你做到：

1. 关注点回到自己身上

女人的捆绑式关系内核原因是你关注对方的时间太多了。对方一字一句，你都听者有心，好分辨出爱恨痕迹。对方一颦一笑，你都默念于心，好分析他是否爱你如初。对方一举一行，你都虎视眈眈，好判断他是否朝秦暮楚。就连一件外套，都翻翻口袋，闻闻气味，电影上不都是这样发现出轨的？毕竟他是你的全世界啊，怎能不胆战心惊？

有那样的时间明察秋毫，又怎能有时间注意到自己眼角细纹新生？注意到自己的装束颜色超过了三种？以及自己喜欢的文艺导演又出了新片？

多花时间关注自己吧，当你关注自己，对方也会关注到你的每一点变化。

2. 给自己找点事儿干

毫无意外地，我认识的所有热衷于追踪对方的女人，不是无所事事的"白富美"，就是"少奶奶"。

她们似乎要在这样的游戏里找自己的存在感。刚开始是小试牛刀，暗戳戳地半夜翻查；被发现后索性兴致高涨，开始加时加量，最后对方开始挣脱，就做最后的反击，变成一个面目可憎的怨妇。

你真以为那样就能把对方系在裤腰带上，成为你的阶下囚？不，哪里有压迫，哪里就有反抗，世界大同，微细到两性关系也如此。有那样的时间明争暗斗，说明你还是太闲了。是图书、电影不好看，还是钱太多不用赚？

3.给彼此足够的信任

人生都是偶然，婚姻三生注定，既然选择，就该有风雨飘摇也同舟的勇气。假若一纸婚书都无法锁定一份信任，那么选择婚姻的意义又在哪里呢？

同样，当你给了足够的信任给对方，对方也会回馈信任，你们彼此在一个有空间的婚姻里生活，有各自的小世界和小自由，这样有距离的婚姻才恰到好处。

Part 4

生孩子有那么恐怖吗？

生孩子有那么恐怖吗?

之前有一条关于女性生育的微博特别火,主要说了三件事:

1. 女人产后人生炼狱,漏尿、松弛、痔疮、失明……惨不忍睹尊严尽失。

2. 为什么没有人普及这些让女性自主选择生不生孩子?

3. 女人真惨瑟瑟发抖,不婚不育保平安。

说真的,能让更多女性在生育前意识到可能会面对的问题,做好权衡与防范,是一件好事。但是这条热帖我认为有失偏颇。如果我是个未婚女性,一定会吓得瑟瑟发抖马上去绝育,谁想变成一个一打喷嚏就漏尿的狼狈师奶呢?

但是事实上我以已婚育妇女为主要构成的朋友圈,没有一个人去转发那条推送,因为我们大部分都没有遇到那些问题,或者说已经回升到正常生活水平。

我们是没有同理心的幸存者偏差里的幸存者吗?

什么是幸存者偏差? 幸存者偏差的本意是:当获取资讯的渠道,仅存于幸存者时(因为死人不能说话),此资讯可能会有偏差。

打个比方,你说"读书无用",就是幸存者偏差,因为一个草莽英雄背后，有千万炮灰。再比如，你说某人抽烟喝酒，活到一百多岁，所以抽烟喝酒有利于身体健康，却不知期颐之年背后多少英年早逝。

从这两个例子可以看出，幸存者偏差是少数（幸存者）对多数（大样本），是幸运对不幸。

放在这里可能不太合适，因为显然是幸对不幸，以及"少数或者多数"的大样本并没有呈现。

痔疮，并不是产后后遗症，而是孕期高发，因为子宫增大压迫肠管，容易便秘、生痔疮；另外肛肠部静脉血液回流受阻，静脉团膨出，也容易生痔疮。但痔疮占肛肠疾病总数的 87%，即便你不生孩子，你也会是 51.3% 的病患的一名。"十人九痔"在百度百科中已经有姓名了。

无症状痔疮无须治疗，轻度可用药，重度才需要手术，痔疮手术也是极其成熟的医学技术。

在我看来，痔疮对于女性来说，和阴道炎差不多，几乎是每个女性都会得的病。积极预防、治疗才是重点。

至于漏尿，产后 9~12 个月可以缓解，80%~90% 的人可以通过治疗缓解；并且，假如你不生产，漏尿也是女性高发慢性病。中国的数据是：尿失禁的患病率是 30.9%，绝经后的女性患病率高达 50%。漏尿患病高峰期也在 50 岁 ~54 岁之间。也就是说，如果你产后漏尿积极治疗，一直到绝经年老，你才可能再度有这样的风险。

关于产后松弛没有数据，因为这是个主观感受。但是产后女性性功能低下或者障碍发病率在 49%~83% 之间。我们可以通过凯格尔运动，且借助一些现代科技治疗来缓解。"北、上、广"很多医院已经有了产后修复的附加服务。

至于失明，那是小概率事件，发生的情况有：产后癔症、颅内静脉栓塞、产后原田病继发青光眼、妊娠高血压失明等。不是每一种都不可逆。

以上资料及数据分别来自：中国妇产科网、万方数据、PubMed、丁香医生。未必精准，但已经是亚姐能力范围内的权威数据了。

你看，至少在已知信息里，无论是单项还是多项，都不存在少数对多数的"幸存者偏差"，且几乎都可逆、可缓解。

01

至于为什么没有人告诉我们真相，妈妈辈不是故意隐瞒。一来年代久远，痛感渺然；二是年代所限，疲于生计，衣食足而知荣辱，痔疮、松弛、漏尿并不是她们的生活关注重点。她们理所应当认为，这些不重要。

到了现代，我们"过来人"也很为难，主动告诉未婚育女性生孩子有多痛多难，该不是个神经病吧？你要来问我也没什么好隐瞒的，但是也没办法具象地告诉你会发生什么啊。

你问我生孩子疼不疼，我说疼，你说有多疼，我就算当场揍你，也没办法保证就是那种疼。疼痛无法复制与演习。

你问我产后会不会松弛，我说初期一定会有影响。创伤也没办法表述与演示。

对疼痛与创伤的承受能力、记忆力、自愈能力都不一样，这是一件无法感同身受与言传身教的事。再者，个体有差异，风险概率不同，我没办法把我的经历说得面面俱到，请你对号入座，那是赤裸裸地恫吓。所以，寄希望于"有人告诉你"，在我看来真的是一件无法达成的事。

现代咨询那么发达，网络那么便捷，到处都是孕产期知识普及、线上问诊，总有渠道能科学得知产后后遗症的风险与概率。

话说回来，比起这些腥风血雨的肉体痛苦，预防产后抑郁才是我们更要重视、普及的知识。

肉体后遗症是客观存在的症状，大部分可以对症下药治疗缓解。科技愈发昌明，皮囊之苦反比递减。但情绪问题无色无味，是科技的死角，不但自己意识不到，家人还会认为你是矫情，更是雪上加霜。

产后抑郁危害绵长，能废掉一个人甚至一个家，新手妈妈自戕的新闻屡见不鲜。

02

我生完女儿后，按时到香港社区医院给她打疫苗。某次被医生叫去诊室，问了几个健康问题后，让老李出去在门口等待。

医生开始问我："你生完之后情绪好吗？记忆力如何？家人有在带孩子这件事上帮助你吗？有争执吗？你自己能应付得了带孩子的工作吗？你需要社工帮助吗？"他一边问一边在表格上记录。

这次问诊让我受到极大的震撼。儿子在广州某三甲医院的国际部出生，但无论是医院、社区、妇联还是朝夕相处的家人，都从未认真过问我的情绪，只简单认为是带孩子的鸡零狗碎，让我烦躁，会主动帮衬。但我自己知道，那种坏情绪不但来自没日没夜的鸡飞狗跳，还有初为人母的惶然失措、体型变化的自怜自艾、对生活质变的怅然若失，甚至因为亲历了生，想到了死亡，与"人生的意义"这个终极问题纠缠不清，彻夜难眠。

没有人帮助我，去问别的产妇，也都是"过段时间就好了"。那是 2012 年，产后抑郁这几个字还不常见。最后，我自己去考了心理咨询师证自救。

实际上，心理咨询师课程，并没有专门涉及"产后抑郁"，而是在零碎的婚姻家庭心理知识讲解中，阐述产后抑郁的真相。我把它分享给老李和家人。

生完女儿之后，同样的情绪如潮涌，我们能应对自如，我不断地跟自己说："这是激素骤降导致的情绪，这是病。"通过心理暗示、家人开解、社会融入、找事情做，我完全没有让自己进入抑郁的状态。

这就是为什么，当香港医生问我相关问题时，我深受感动，因为我知道，他例行问询可以判断产妇是否有产后抑郁的倾向。

03

最后，未婚育女性知道这些可能存在的身心风险后，要不要生孩子？

我来打个比方吧，如果你不喜欢开车，那么你可以终生选择不买车。如果你喜欢开车，只是怕出车祸剐蹭，就决定不买车，那么你会为小概率事件失去一件终生可以得到快乐的事。同理，如果你本身就不喜欢孩子，那么不生就规避了所有风险。但是如果它本来就在你的人生计划内，那些风险概率，就让你望而却步，这就是因噎废食。

众所周知，我并不是一个儿女心爆棚的妈妈，我始终会划一块自私的领域。我也曾因为养儿育女的身心俱疲，写过一本《看，我怀孕了！》来讲述这段血泪史。

每当有人问我，你后悔生孩子吗？我会告诉她："我后悔生孩子，但我不后悔生这两个孩子。"

人不能同时踏进两条河流，当我有了这两个具象的、生动的、有温度的、有回馈的孩子之后，我没办法客观评述生育这件事，因为我无法把有灵魂的物体单纯地总结为繁衍行为的结果。

正如我无法把对他们的爱冷冰冰学术化成"基因的传递"一样，虽然本质上就是这么回事，但智人的情感，才是我们区别于低等动物的地方不是吗？

我和那个发起讨论并不允许反驳的博主一样，生了二胎。那么合理推测，在我们的潜意识里，我们认为这些生育造成的苦痛，并不足以击退我们对孩子的爱。

只有做了母亲的人，才能体会到这种微妙、复杂、难以言述的纠缠心情。

并且只有做了母亲的人才知道，比起养孩子，生孩子的苦简直不值一提。

生或者不生，这是个问题，但不是个可怕的难题。

好奇怪，铂金包和当妈有什么关系啊

我在高铁上看了很火的一本书《我是个妈妈，我需要铂金包》，本想见识一下曼哈顿上东区贵妇们的生活，结果却让我失望。

照理来说，曼哈顿上东区是名副其实的富人区，书中"没有私人飞机，孩子就没有朋友""住进第五大道合作公寓需要原业主投票""孩子两岁就要上迪勒奎尔音乐学院接受正确的音乐教育"的语句，也证明了这一点。

但是富人区的贵妇们，固定去棕榈滩和阿斯彭度假的顶尖家庭们，对铂金包的使用方法是不是有点戏剧性？——她们的铂金包不是用来拎的，是用来横冲直撞的。

作者花了大量的笔墨，生动活泼地给我们描写了她被撞的过程："年约五十多岁的她，以及快要四十岁的我，眼看就要撞到一起……这个帽子和衣服都很高级的女士却一直往自己的左边靠……我再度让路给她，她又靠过来，她等于是故意把我逼到一旁。"

最后作者被逼到一个垃圾桶旁边，交会须臾，那位五十多岁的贵妇盯着她看，露出睥睨一切的微笑，然后用手中的铂金包撞她的左臂。

作者觉得自己被"攻击"了。作为一个人类与社会学家，她开始观察这种现象，收集样本。结果她站在东七十九街一天，观察到一百起冲撞事件。

那些拎着金光闪闪包的女人，气势汹汹地把别的女人逼到路的边角——老娘看不见你，因为你根本不存在。

作者总结了一下那些包，有些是爱马仕，有些带"双C"扣（香奈儿），有些带"双F"标志（芬迪）。

这段把我看得目瞪口呆，我特地翻回去看了出版日期：2018年。

2018年的曼哈顿上东区，一个拿着香奈儿或者芬迪包的人，就能专横跋扈，狐假"包"威了？

2012年我去过巴黎，香榭丽舍大街上如云的香玉与名包，怎么没有一个人冲进我怀里？

2018年中国任意的一个城市，都不可能出现这种莫名其妙的戏码。我们勤劳勇敢、善良友好的中国妇女，最出格的举动莫过于跟上去问一句："美女，包真好看，哪儿买的？"

上东区贵妇难道是隐形的橄榄球天才，身体里迸发出的冲撞渴望，要靠包包来实现？

再往后看，就有点儿明晰作者的被迫害妄想症了。她认为，一个铂金包如同家庭住址、幼儿园排名、老公的职业一样，是融入上东区名媛圈、不让自己孩子受到歧视的配套设施。于是她千方百计、跑遍全球，终于让老公在东京给她买了一只金色的铂金包。

有了铂金包的教育社交畅通无阻、抬头挺胸，走在路上再也不怕被"攻击"。

01

我再也看不下去。

正如作者所说，她机缘巧合搬进上东区，想以社会学和人类学的学术角度观察上东区妈妈群体，却最终"入乡随俗"，失去原本的客观立场，开始认同她研究的对象。

上东区妈妈是一群什么样的人呢？

她们"的确爱孩子，但她们也是得确保自身地位的"开国女皇"，一定得成功，一定得有成功的孩子"，"孩子是提高身份的方式，像是拿来炫耀的装饰品"。

为了实现目标，她们住金玉其外、逼仄其内的房子；她们让孩子从出生开始，就接受严苛的教育，找各种关系进最好的私立学校。并且，她们"必须当完美的母亲、完美的社交对象、完美的衣服架子，还得当完美的性感女人"。

作者潜移默化要做"完美女人"，扫去一切外化的阶级差异，才会对铂金包产生幻觉和执念。

买铂金包看似是为了孩子不被歧视，实际上它不过是除了孩子这个最大的装饰品之外，彰显身份的小挂件。

作为一个也快四十岁的女人，我有铂金包，但除了女儿那句"长大了都是我的"，我从不觉得，铂金包会和我的孩子产生任何关联。那是我独立于孩子之外，为自己的虚荣心与审美埋单的结果。

虚荣心人人皆有，铂金包也可以尽情拥有，完美女人乐见其成，但是不要说"我是为了孩子",不要让孩子为你所有的行为背锅。

02

这就落入到另外一个话题:精英教育到底是为了什么?

香港有一个视频也很火,大概意思是"要让孩子赢在射精前":

从出生那天起就要开始盘算升学概率;

千方百计入名校,父母去面试名校校工;

五岁半就拿了北京大学颁布的普通话证书;

学马术、竖琴、高尔夫球的孩子,根本不和学钢琴、游泳的孩子玩;

生日会要去酒店,像婚礼那样举办……

赢在起跑线上、密集学习、想方设法入名校、划分等级……这和上东区妈妈们的模式如出一辙。

很多人问我,香港是不是这样的?是。

我见证过香港幼儿园PTA(家长教师联谊会)如火如荼的竞选;也去参加过儿子同班同学举办的像新闻发布会阵仗的酒店生日宴;也在观看幼儿园圣诞报告演出时,被旁边的家长问及"你入教了吗?现在入教洗礼,升小学加分还来得及"。

但抱歉,我是个"不求上进"的家长。因为我知道,假如我义无反顾、亦步亦趋加入这场赛跑,到最后我将走火入魔,成为所谓精英教育的傀儡。

视频最后那位妈妈的总结一语中的:"这些就是为了妈妈的面子。"

无可否认，这个视频真实展现了妈妈们焦虑的原因——一旦生了孩子，就会被社会绑住。

《我是个妈妈，我需要铂金包》的作者也同样被绑架。她原本是出生在密歇根小镇的快乐儿童，她读到了博士，嫁了精英。她认为"放养式教育"没有问题，幼儿教育就应该让孩子保持快乐天真，但她还是渐渐活在了"极度的生态释放效应（由于物种间竞争减弱而引起生态位扩展的现象称为生态释放）"之中。

换句话说，她看到上东区周遭父母与孩子的努力，害怕自己的孩子落于人后，只能硬着头皮带孩子去参加"惨无人道"的面试，去和同校家长们阶级社交，让自己变成一个焦虑的母亲。

内地教育生态也如此。我的大学老师某年和我见面，我恭喜她读南外的儿子顺利被国外名校录取，她滔滔不绝和我讲述这些年的焦虑。其中最重要的一点是：家长群是个黑洞，一进家长群看到家长们都全副武装，只能两眼一抹黑，完全跟着跑。

跑到最后，有些妈妈还能耳清目明知道自己竞争的目的，而有些妈妈则走上了一条万劫不复的歧路。

教育该不该焦虑，我认为该，我也会潜伏在家长群中对比进度，削尖脑袋给孩子找好的学校，一趟趟去面试，培养兴趣爱好，接受现代教育的考核与接纳，我认为这是符合时代的基本教育付出。

我不是"放养式教育"的拥趸，我认为教育应该适应环境，而不是让孩子去承担"特殊教育"的风险。除此之外的焦虑，我没有。

教育焦虑，应该是心中有数的、适度的、因材施教的、建立在孩子教育本源之上的。这样的焦虑完全能覆盖家长应尽的责任，而不该演变成一场家长的权力秀、面子秀、铂金包大比拼。

为母不才，我正是那个让孩子学钢琴、学游泳的家长，除此之外，我还让他们学了芭蕾舞、跆拳道、数学、合唱。而每一个学习班，都经过试堂。妹妹的数学取消了，站在网球场前两个人摇摇头，马术与高尔夫我咬咬牙也能负担得起，可我认为没必要或者没到时候。

我不需要他们晒成精英小麦色，有着富贵的网球肘，穿着POLO衫结交权贵，我认为他们人前恭谦有礼又不失与年龄匹配的天真烂漫，就是所谓的"面子"。因为我不需要他们成为我的装饰品，我有我自己的装饰品，可以是外貌、身材、事业，也可以是爱好、特长、社交。

我坚定地认为，我"装饰"过的自己，可以成为他们家庭教育里非常重要的一部分。

比如我可以在去虹桥高铁站之前，见缝插针带他们绕路去新天地广场，让他们看我快闪的视频与照片。我告诉他们，这是妈咪在每天不陪伴他们玩耍的时段里，工作的成果之一。

每个人都要有独处的时间，去实现自我价值。

我有我自己的生活，孩子也不该是任何人的装饰品，他们是独立的个体。我能为孩子提供能力范围内的教育资源，接下来，儿孙自有儿孙福。他们拥有选择的权利，从学习到人生，皆是。

靠"精英"孩子装饰人生，你和孩子，都很可悲。

"做母亲是世界上最倒霉的事情"

01

在上海出差，和女友 Elma 去看了《找到你》。

这是一个关于母爱与女性困境的故事，人物有三个：

李捷：女强人律师，离婚带着女儿独自生活，坚持自强信条，要女儿也要工作，雇孙芳做住家阿姨照顾女儿。

孙芳：社会底层妇女，老公家暴，女儿患有先天性胆道闭锁。老公不管，她走上绝路绑架李捷女儿。

朱敏：原高知女性，现家庭主妇。因为丧失社会能力，离婚时无法获得孩子的抚养权，引爆煤气毁容。

总之，这是一个围绕着孩子的悲惨女性世界。

观影过程中，因为题材本身的悲惨和俗里俗气的刻意煽情，我和 Elma 都意识到对方在黑暗里啜泣。为了避免尴尬，彼此没有任何对视交流。

走出电影院的门，我发现未婚未育的 Elma，哭得比我伤心，眼圈比我红，脸色比我难看。

她不断地在喟叹："女人真是好惨，真是好惨，真是好惨。"

164

她对此产生了新一轮的恐婚恐育，并对电影最后一个镜头耿耿于怀：孙芳在城中村夕阳下的长凳上摸着肚子对胎儿说："妈妈一定会给你最好的，给你最好的。"

Elma义愤填膺："她凭什么说能给孩子最好的？就凭她一结婚就被老公家暴？一个注定陷入困境的原生家庭，她如何给孩子最好的生活？这是不负责任啊！"

我安抚了Elma的情绪，并给她设置了一个场景：

一个女人，结婚时与丈夫情投意合，虽不是王侯贵胄之家，但也安康富渥，她在人人称羡的条件下，养儿育女。可有一天老公出轨了、家暴了、家庭财务破产了，甚至不幸成为寡妇，她最终的处境可能不如剧中的孙芳，对孩子也是灭顶之灾，请问，她算不算不负责任？

我想告诉Elma的是，一个母亲，她能给孩子最好的，是生存范围内、眼光所及处的顶配。她的风险预估能力，也受到教育、阶层，甚至命运的局限。

每一个女人都有选择做母亲的权利，但母亲做得是否合格，是父亲、家庭、社会，乃至际遇综合因素的合力。

我们最终把一切悲剧的原因和结果，都归咎于女人、母亲身上，才是悲剧内核的部分。

02

是枝裕和有一部电影叫《无人知晓》，说的也是一位不负责任的母亲的故事：

一个母亲，生了四个同母异父的孩子，靠一己之力带着他们东躲西藏——他们没有户口，不能上学。为了不再被房东赶走，除了最大的哥哥，其他孩子不被允许走出家门，只能在逼仄的房间里像幽灵一样生活。

后来，母亲又恋爱了，这次她隐瞒了孩子们的存在，叮嘱最大的哥哥照顾弟弟妹妹后就一走了之。刚开始她还会寄钱回来，隔几个月回来看一眼。后来她似乎忘了他们。而孩子们的生活，也随着希望的摇摇欲坠，从井井有条走向了自暴自弃。

哥哥开始厌倦责任，弟弟妹妹们饥肠辘辘，只能整日虚弱地躺在地上。家里杯盘狼藉，垃圾散发出恶臭。最终断水断电，衣衫褴褛，他们成了有屋檐的流浪儿。

最小的妹妹某天意外而亡。哥哥依旧找不到母亲，只能半夜把这个四岁的小女孩用皮箱拉了出去，埋葬在机场旁边。

哥哥曾经在小妹生日那天，带她去车站等母亲。也许是为了补偿她再也等不到的绝望，路过疾驰的机场快线时，他承诺，会带她去机场看飞机……

这是是枝裕和根据真实故事改编的——震惊日本的"西巢鸭弃婴事件"。

真实人性比虚构的电影更残忍。真实故事里的母亲，第一个孩子送人了，第三个儿子死了，她把尸体藏在家里的佛龛壁橱里。和尸体一起生活的，还有她和不同的男人生下的四个孩子。

和《无人知晓》一样，在妈妈一去不复返的日子里，哥哥负责照顾三个妹妹。可西巢鸭里的哥哥和他的狐朋狗友，为了一包方便面，

166

活生生打死了最小的才两岁的妹妹。

这个故事能查到的最权威的结果是：妈妈被判了三年有期徒刑，四年缓期。十四岁的哥哥因为未成年，且"如果不是母亲放任不管，悲剧不会发生"，被送到儿童福利院的教养院。

我们当然要指责这位母亲，因为她的所作所为，已经沦丧了基本人性。

只是，这几个孩子的父亲在哪里？即使是非婚生子，他们为何对自己的亲生骨肉毫无怜悯，听之任之？当这个妈妈带着黑户孩子东躲西藏被邻居围剿时，社会给了她什么帮助？被判刑的人中为什么没有任何一个孩子的父亲？

"西巢鸭弃婴事件"发生在 1988 年的日本，事情过去三十多年了，如今绝大多数人们依旧认为：母亲理所应当是孩子的第一负责人。

孩子生在贫苦家庭，是母亲不负责任；孩子头疼脑热，是母亲照顾不周；孩子顽劣不堪，是母亲教养无方；孩子朽木不雕，是母亲无所作为；甚至，孩子不够聪明，也是母亲的错——传说中孩子的智商遗传母亲——孩子的不幸都是母亲的错，做母亲真是这个世界上最倒霉的事。

03

Elma 的第二个问题是：为什么所有的母亲都放不开？

电影《找到你》中姚晨饰演的女强人律师，完全可以把孩子给前夫和前婆婆照料，而后自己在职场叱咤风云，但她不，她要孩子。

马伊琍饰演的底层妇女，面对生存率微乎其微的胆道闭锁，她完全可以放弃孩子，但她不，她做陪酒女郎，吃残羹剩饭也要孩子。

陶昕然饰演的全职主妇，一无所有面对强权前夫，完全可以要一笔安置费，一身轻松，梅开二度，不，她倾家荡产也要打官司要孩子。

Elma 由电影想到她的一个朋友，老公赌博输掉三套房子，走离婚程序的时候，她好心奉劝："把儿子给老公吧，你独身一人，做什么都自由，再婚也方便。"

我问，她是不是回答你"怎么可能"？

Elma 一脸震惊："是的，她几乎要和我翻脸。"

我想，几乎所有做母亲的人，都会不假思索地喷出这几个字。要我把孩子送进没我的未知世界，去经历任何有风险系数的人生，这怎么可能？

在两千万的中国单亲家庭里，近九成的单身母亲是子女抚养的主要承担者。这大约是做母亲更倒霉的地方：放不开。

讲一个遥远的故事吧，青海省东部有一个喇家遗址，是距今大约四千年左右的新石器时代遗址。

这个"东方庞贝城"，也是因为自然灾害毁于一旦，所以遗址里所有的残骸都保持着生命最后的模样。这个遗址中出土了一对残骸，是一位成年女性和怀中小小的孩子。

考古学者们普遍猜测，这是一位母亲在灾难来临时，激发本能保护自己的幼子。但是考古队做了线粒体 DNA 后，发现他们根本没有直接血缘关系。

这是什么？这是人类的共情。人类作为哺乳动物，在养育自己的后代时，更能敏锐察觉到危险疼痛并激发本能去保护自己的后代。人类在进化成高等动物的过程中，把这样的母性泛化成对所有同类幼崽的怜悯爱护。

铭刻在基因里的母爱，可以强大到"幼吾幼"并瞬间抵上自己的性命。

所以剧中的孙芳哭着对自己的小男友说："我也想过放弃一了百了，可我就是放不开。"所以孙芳错把李捷的女儿叫成自己已故女儿的名字，并在打算交给人贩子的当天失约，百般疼爱这小女孩，抱着她去看海。她抵御不了天性的洪流，每一个做母亲的人，都抵御不了。

你问我们为什么放不开，我告诉你："等你做了母亲就知道。"

04

Elma 的最后一个问题是：所以让你再生一次孩子，你会生吗？

我坦诚地告诉她，我没办法回答这个问题。

如果当我得知做母亲那么倒霉，有千夫所指与赴汤蹈火的危险后，我不会生孩子。但当我体会到这种高危身份时，我的孩子们，已经以具象的有血有肉的模样，降临到我的生命里。当"孩子"等同于儿子和女儿时，恕我无能为力，我无法放弃。

《找到你》里李捷最后说了一段话："最该感谢的是孩子，是他们带父母成长，让我们体验一种毫无戒备的，甚至可以献出生命的爱。"

我觉得从某种程度上来说，女人卓越的抗压能力和人生柔韧性，都源自母亲的本能。当你事业坍塌、婚姻破裂、恶疾缠身，似乎都能吊着一口为了孩子的气，坚强起来。

每一个做母亲的人，即使踽踽独行，或许都要庆幸，认领了这个世界上最倒霉的身份。只有这般，才有百倍于自身的力量，去面对这世间所有的苦难。

为什么？因为这世间所有的磨难，当然可以随着选择结束生命载体而结束。可孩子，是高于自己的生命的存在，那就必须挨过去。

人生不是这样的苦，就是那样的苦，而我们的苦，至少有希望和力量，不是吗？

母亲节别歌颂我，我是为自己生的孩子

01

我不喜欢母亲节，因为我讨厌被歌颂，我是个"自私"的母亲。

儿子五岁半开始换牙，我第一个反应不是去拍拍他的肩膀告诉他"靓仔不要慌，毕竟，后面牙都会掉光的"，而是惊觉我儿子都开始换牙了，眼前即刻出现了他上小学、上初中、谈恋爱、结婚、生子的一幕幕，然后好像看到自己鸡皮鹤发、垂垂老矣。

是的，我并不为他恒齿取代乳齿而代表的成长喜极而泣。我难受死了，我不想老有个新鲜的人儿时不时用里程碑事件来提醒我：哎哟，你又老了哦。所以我赶紧扔下摸着牙一脸惊恐的哥哥，奔去贴了张面膜。

是啊，我就是这么自私，凡事第一个想到自己，我控制不住我自己啊！

再比如我咬牙切齿等到女儿也满了三岁，欢天喜地送孩子上幼儿园，却发现香港的幼儿园都只有半天课。我毫不犹豫，就给他们报了各种兴趣班，周一到周日，只剩下周六勉强 family day（家庭日）。

为什么？我在家蹲个茅厕，孩子都"妈咪、妈咪"拍门叫唤，更别提我要专心致志地码字写文了。这两个影响我灵感升华的"拦路熊"，一定要扫除。再说，要把学业的事交给专业人士，我可不想捂住胸口的心脏支架，暴跳如雷地辅导功课。能让我上救护车的，只能是工作。

再比如，我每次出远门，都一律美其名曰出差、工作、赚钱，赚钱买大房子、买玩具、买机票去美国找 youtube 博主 Ryan。每次出差回家带份礼物，以此来养成俩孩子的条件反射：妈妈出差是一件好事。

看到没，以上三种基调分别为美、工作、自由。任意一种都不可能为孩子牺牲掉全部。我就是我，是时刻绽放"单身力"的烟火。

02

其实我和所有旁观者一样，都曾经问过自己这个问题：你那么享受自由，为什么要生孩子？

因为本能啊。既然结了婚就顺流直下合法生个孩子，为人类基因传递贡献自己的绵力。

因为好奇啊。繁衍是女人特殊的生物属性，我想体验一下这部分的延展性如何。

因为自救啊。当我无数次意识到自己时而觉得世界那么大，要背起行囊浪迹天涯，时而觉得人生如梦幻泡影极致虚无，那么情绪不稳定时，我很怕自己得躁郁症，我想用什么东西来拴住自己。

你看，连生孩子的理由都那么自私。

当我看到《请回答1988》里那些"神无法无处不在，所以创造出了妈妈""妈妈，最有力量的名字"的台词，就吓得赶紧关掉了电脑。当我听到做妈妈应该如何时，也吓得赶紧噤声，优雅微笑。

法国女性主义者露西·伊利格瑞在《他者女人的窥镜》里写了一段很晦涩的话：我们可以设想，所有关于主体的理论总是适合男性的。当女性屈从于这种理论时，女性就陷入了这样一种境地：她不能意识到她这样做的同时，其实是放弃自己与自身想象之间的关系的特性，通过成为"女性"，在话语中使自己屈从于客体。

这段话我反复读了很久，体会到其实就和波伏娃的那句"女人不是天生的，而是被塑造的"所表达的意思是一样的。而母亲的无所不能、兼容并包、做全人类的兜底，就是一种集体无意识的绑架，包括客体化男性的女性自己。

所以真的别歌颂我，别想给我洗脑，我是为自己生的孩子，我很弱，很自私，很爱玩，很爱自由，休想用伟大的母爱来绑架我。

同样，也别同情我，觉得做个母亲含辛茹苦，忍辱负重。我对着体重秤和油烟机起誓，我自己生的孩子，我跪着也能负责到底。因为同情和歌颂这两件事是捆绑在一起的，做母亲的发声怨怼，才会产生同情，同情之余加以歌颂，才能产生这样的心理暗示：是的，做妈妈很苦，妈妈辛苦了。请继续辛苦下去吧。

03

当一个女人选择了生孩子，那么就要承担生育这个决定带来的不悦。

怀胎十月、分娩剧痛、开奶折磨、月子肮脏、肥胖困扰，以及开了头之后一切的斗智斗勇、心力交瘁、情绪崩溃，都只是在为自己的选择负责。

我从来不抱怨所谓丧偶式婚姻，放手交给老李去瞎折腾，培养他的育儿能力。我从来没有代际育儿矛盾，教育亲力亲为，家务给保姆，哪怕倒贴我所有的薪水。爸妈公婆偶尔"客串"一下即可。

我从来不会和老李说："我为你生了孩子，才会变胖变老。"我变胖变老咬牙减肥，赚钱保养不就行了。因为身体是我的，没有人能强迫我生孩子，同样当我做了这个选择，就不怨恨，不纠结，迎难而上，死扛到底。

我很享受这种责任感，它让我沉稳；我很享受这种亲密感，它让我温柔；我很享受这种牵挂感，它让我安心。孩子带给我的收获，远比苦难多。我没有声援之意、诉苦之向，所以我怎样去做一个母亲，也不需要指正。

04

你说我不爱我的孩子吗？我的激素和基因，决定了我一定爱他们。

像刘瑜说的那样："如果有一天你发展出一个与妈妈截然不同的

自我，我希望能为你的独立而高兴。如果你宁愿跟你那个满脸羞涩的胖姑娘同桌而不是跟妈妈交流，那么我会为你的人缘而高兴。如果——那也是极有可能的——你也像妈妈一样脾气火爆，我也希望你愤然离家出走的时候，记得带上手机、钥匙和钱包。"

关于婚恋工作，也请随意，我这个母亲，能做的就是，尽可能给你们最好的成长环境，予以你们选择的权利。

你本来就是离弦的箭，从出生之时就已经离开我的手，我能做的就是在我目光所及之处，为你扫清路障。至于你会在我看不到的时代飞多远，飞到哪里，你开心就好。

当了妈的人，应该什么样？

01

有粉丝留言："亚姐，我现在两个孩子都大了，想自己做点儿事情，可是我老公说'三十不学艺，你都是当妈的人了，老老实实在家吧'，我该怎么办？"

亚姐翻个白眼儿，然后很严肃地跟粉丝说：

"首先，'三十不学艺'是古人按照平均寿命四十岁、七十岁都古来稀的算法。现在四十五岁都是锃锃亮的杰出青年，三十岁为何不学艺？其次，'你都是当妈的人了'这句话，早就想撕一撕了。"

我也常收到这样的告诫：

穿低胸装干吗？都当妈的人了？——当了妈我就成平胸了吗？

一个人去看电影？都当妈的人了！——电影院分级有"妈妈"一项？

还去考证？还想考博？你都当妈的人了！——导师都是做爷爷奶奶的人了，这辈分没毛病啊！

如果我告诉你，我曾经和老李带着八个月大的女儿去泡清吧，把她放在沙发上睡觉，你们是不是要联手把我告上妇联？

她们眼里"当妈的人"的样子，大概是这样吧：每天紧密围绕在屎尿屁周围，为了孩子读书不用功气急攻心，没事儿翻翻老公手机勘察敌情，在单位晒晒太阳混混日子……

性感？高知？吃喝玩乐？靠边站。谁让你都是"当了妈的人"了。这是社会给女人设置的高级陷阱，用"贤良淑德、安于本分"来塑造好妈妈的刻板印象。如此一来，让女人肝脑涂地地把家庭和孩子放在第一位，就显得顺理成章了。

最可怕的是，很多女人自己也把这句话奉为圭臬，视为信条。

02

我见过最可惜的案例，是我一个电视圈的朋友。

这个女友是异常强悍的标杆，入行五年就开始做执行制片人。如果不是她要生孩子，台里已经准备给她开设一档新节目，让她做制片人。

当然，每个人都有自己的选择，家庭与事业的权衡妥协，是女人永远的生理弱势。我并不觉得她休憩两三年有什么错，我也走过那一步。让我觉得诧异的是，她生完孩子后办停薪留职在家待了三年。在这三年里，朋友圈里全是孩子的林林总总。再去上班时，她根本赶不上工作节奏。她和我抱怨满后台的"90后"，讨论的全是她闻所未闻的欧美新节目。

她没有奋起直追，而是抱着"一孕傻三年""孩子还小"以及"磨不开前辈落后的面子"的想法辞职了。她说："我都是当妈的人了，不要那么折腾。要不然我也开一个公众号吧，还能不耽误带孩子。我看你每天写婆婆妈妈，也挺容易的。"

听她这话，我好像受到了某种歧视，"你是不是对终年无休的自媒体行业有什么误会？"果然，她谈到对自媒体的理解时说："自己写一点儿，然后转点儿别人的，定时推送就好啦！我关注的公众号大概就是这么简单啊。"

她大约不知道她说的"写一点儿"，我这种自媒体人却需要挖地三尺找素材，文章一遍遍改到精疲力尽，绞尽脑汁憋不出选题的时候急得抽自己，然后还要向粉丝低头，向广告商低头，向"粉多气粗"的大号低头。即使如此拼，还是挡不住这个行业的日新月异，后浪汹出。

暂时安于家庭，乐于天伦没错，找一份稳妥的工作也没错，但是如果认为任何工作都轻轻松松，觉得新鲜事物不过尔尔，可以拿来做围绕着孩子与家庭的消遣，那么，你已经离脱离社会不远了。

不知道有多少女人，从前戎马倥偬，生了娃之后两耳不闻窗外事，一心只读育儿书。她们把本来好好的人生，过成了家庭的附属品。

03

当了妈的人，应该活成什么样子呢？

在香港生活几年，因为大儿子上幼儿园，我结识了很多香港妈妈。她们生完孩子后，因为只有十周的产假，香港高昂的生活成本也不得不让她们重整旗鼓，继续朝十晚十。

原因在我们看来有些残酷，可她们习惯这种高压生活，并且结果是：因为没有和社会脱节，她们和内地大部分妈妈比较起来，身上更具备少女感。

她们在产后快速恢复身材，精致妆容，瘦削的"港女"黑白灰；一口流利的英文，和孩子沟通，在家长群里互通有无；职位越高的妈妈，越积极参与学校活动，而学校也愿意请这样的妈妈去做早会分享，参加家长联盟；升小学的时候，妈妈的高职会给孩子加分不少。

香港社会默认一件事：越精英的妈妈，越能培养出优秀的孩子，而不是你在孩子身上具体花了多少时间。这和我的理念不谋而合。正因为做了妈妈，更应该成就自己。

我出门必梳妆打扮，女儿自然会懂什么是自爱和审美；我严格遵守工作时间，儿女自然懂得，即使是最亲密的妈妈，也会有自己的事业；我热爱书籍、电影，儿子也就搬个小板凳有样学样。

我应该是他们的榜样和骄傲，不是吗？没有"当妈的人"应该有的样子，就是一个健康妈妈的样子，更是一个女人应该有的自笃。我们可能没有精英妈妈那样的精干飒爽；也无法像林徽因在病床上还能写出《哭三弟恒》那样凄楚的诗；也无法像吉赛尔·邦辰那样哺乳都光芒万丈。我们是普普通通需要亲力亲为育儿，难以"have it all"（什么都要）的女人，可这并不妨碍我们提高思考和学习的能力，把自己沉淀得活色生香。

我的闺密，在生完孩子后完成了她的人生理想——开一家小众有格调的咖啡店；大学同学产后瑜伽减肥，在有同样困扰的妈妈群体里嗅到了商机，做了某健康咖啡的总代理；我的硕士导师，带着孩子去了加拿大进修，在有时差的午夜帮我们修改毕业论文；就算是你看不上的那些微商，也是在以某种方式，让自己不沦为只有妈妈这一个社会身份的女人。

美国作家乔纳森·科左尔的著作《涅槃还是沉沦》里写道："在美国低收入家庭，依旧有一群有中产思想的妈妈，关心时事政治，勤奋工作，善于思考，她们不会精神上沉沦，也不会消极认命，在生活压力和育儿琐碎里，开出傲人的花。他们的孩子也能获得更好的未来。"

你看，无论尊卑贵贱，孩子和妈妈都可以相互成就，只要你首先想要成为你自己。

学习思考让你始终有独立人格，婚姻让你懂得宽容和共情，孩子让你更慈悲、更坚韧……当了妈的你，应该比当妈之前的你，更有魅力。

我们来聊聊孩子的教育吧

很多家长对孩子严加管教，不愿孩子的成长轨迹与他们的设想产生一丝一毫的偏离。孩子们也将家长的话奉为圭臬，不敢违抗。

久而久之，家长又开始头疼，怎样的教育才能让孩子敢去表达自己的想法呢?

01

首先应该是去权威化。

我儿子五岁，已然有这种模糊的认知，老李让他把"生"字最下面歪歪扭扭的一横擦掉重写，他顶了一句："这是老师决定的，不是你决定的。"

老李被顶撞到哑口无言。我嘲笑老李之后，认真反思了这个问题：老师权威是如何凌驾于父母以及正确的规则之上的? 也许是我们集体无意识给孩子建筑了"听话"的奖惩制度，才让无条件服从老师成为"听话"的基本准则之一。

毕竟，程门立雪、岳飞哭周侗，这些尊师重道故事为千古佳话。不再遵循"一日为师终身为父"的现代，骨子里的不可忤逆却烙印了下来。师徒尊卑、不能以下犯上的权威，渗入华人血脉中。所以，我们的孩子潜意识里就会认为，老师是不会出错的，出错的是我。

我们应该怎么办？在职业光环面前，我们要教给孩子思辨能力。

我始终觉得，我们的教育有一种懒惰：比如孩子哭闹，我们就说"警察叔叔会来抓走你"，让孩子觉得警察叔叔可以带走任何人；比如孩子在家不听话，我们就说"我要告诉你老师"，让孩子觉得老师是奖惩制度的最高权威；比如孩子不肯吃药，我们就说"我要带你去给医生打针"，让孩子觉得医生是能给你制造更大疼痛的终极老板。

你看，我们的懒惰在于，我们可以利用孩子的恐惧让孩子乖乖束手就擒。日积月累之下，职业光环下的权威性就不容置疑了，甚至凌驾于真理、安全、自我之上。

家长要教给孩子的是，当你受到侵犯，无论对方是谁，从事什么职业，都要学会保护自己，据理力争。

有一次我们过海关，一个工作人员凶神恶煞，拿着鸡毛当令箭，儿子和女儿显然受到了惊吓，我很平静地借机教育："警察叔叔是抓坏人的，但这次，我们没错，是这个警察叔叔不对。"

正确与否是客观问题，不是由任何权威方主观定夺的。

02

其次我认为是永恒的安全感。

马斯洛提出的需求层次理论指出人的需求由五大需求构成，包括生理、安全、感情、尊重、自我实现。这五大需求是一个顺行不可逆的实现过程。我们要给予孩子的，除了基本的生理需求，就是安全和情感的需求，也就是建立健康的亲密关系，给予原生家庭的安全感。只有这样，孩子遇到任何不测，第一时间会想到向父母求助。他有了被尊重的感受，才有可能最终自我实现。

　　我之前写过，对五岁的儿子和三岁的女儿，他们的任何童言我都非常严谨地求证。比如儿子告诉我，老师总是教训他而不教训别的同学，比如女儿告诉我男英文老师经常抱她。这些我一定会通过各种方式来求证，然后再给孩子反馈，而不是糊弄说："老师不会这样，老师那是喜欢你。"即使结果也确实如此。

　　我这样大费周折的结果是：到目前为止，两个孩子不会避讳谈论任何话题，因为他们感受到了我的在意，他们知道有任何情况，爸爸妈妈都会重视、解决。那么将来，即使他们遇到更加难以启齿的遭遇，也会形成求助机制，而不是躲避、焦灼、羞愧、痛苦。

　　而在这种求助机制的建立中，也要注意情绪的平稳亲和。假如孩子跟你倾诉时，你因爱护反应过激，甚至歇斯底里，那么他也会对求助这件事感到有压力，进而回避。简简单单地沟通，稳如泰山地告诉他："我知道了，我会解决。"

　　父母应该是孩子永恒的避风港。

03

最后当然是价值观的塑造和优良教育环境的提供。

价值观塑造这点特别重要，就是让孩子知道：

1.你是神圣不可侵犯的主体，包括身体和精神。

2.被侵害之后，你是受害者，受害者无罪。

3.世界很大，异性很多，一叶障目就不见泰山。

4.遇见任何事，都没有生命重要，都有解决的办法。

而优良教育环境的提供，首先是努力给予更稀缺的教育资源，这是一个概率问题。虽然我们不能确保避开品格低劣的人，但客观上，教育资源越高等，遇见品格低劣的人的概率越低。我们要在他们之前，为他们尽可能扫清象牙塔里的污垢。

其次，优良教育环境的提供是，给孩子一种底气："欺负我？放学别走！我叫我爸妈去！"

Part 5

"没有人关心我，除了大数据"

节日是人类的孤独

01

2017 年的平安夜，我是在上海过的，和我年纪轻轻的助理。

假若没有工作，我很可能和我的女友窝在某家网红咖啡店，带着嘲讽的眼神睥睨那些满面春光的年轻男女，并虔诚默契地都选择热饮，最好是健康的中国茶类。

节日嘛，不就是你挤我、我挤你，挤到欢天喜地，迎面相撞，前后追尾，没啥建设性美学性意义。

节日像情绪的放大镜，在熙攘人群和靡靡之音中，煽情表白、争吵眼泪，都变得理直气壮、顺理成章。节日里的人，内里都注入了矫情和悲壮，外表都镀上了一层心照不宣的宽容或喜庆。

节日本身，就是人类给自己设置的最大礼物，这份礼物里装的是亘古不变的套路。与节日的名目无关，风俗无关，国籍无关，只关于人类自己抱团取暖的冀望。

我们这些历经套路的佛系中年少女，无论是过来人的疲倦，还是已丧失的嫉妒，都分外轻视节日这件事，只把它当成绝不能出门被碰瓷的一天。所以我必须带初次到沪的助理去外滩和南京路，看十里洋场与上海中心跨江遥望，古今相照。当然，也要看密密麻麻的人群和眼花缭乱的圣诞灯。

我一边吃着糖葫芦，一路和她讲解我从小到大每次到上海来的往事。细细一琢磨，上一次因为要欢度节日到上海，还是我幼年和父母来过春节。也是这霓虹幻影，也是这接踵摩肩的南京路。我已经太久太久没有见过如此人潮了。

翌日我俩登上游轮，等待在海上跨年。游轮美轮美奂，像海市蜃楼，百老汇歌剧、魔术、卡丁车、KTV，无缝对接的霓裳华服，觥筹交错，让工作、家庭、烦恼，像陆地与海一般泾渭分明，隔绝开来。

Boxing day（节礼日，圣诞节过后的第一个工作日）那天，我坐在吧台听男歌手弹唱 Lonely Christmas（《圣诞结》），坐在掌声喝彩声中的我，突然被一种巨大的落寞湮没。

我脑海里浮现出一句话——节日是人类的孤独。在海上航行的巨型游轮，装载着最密集的歌舞升平，航行结束，靠岸关张，就会汲取天地之寂寞，深海之老朽，像望而生畏的海上黑洞。

我终于知道，为什么成年以后，我那么抗拒过节，那么抗拒人潮了。

02

节日客观上是美好的，我曾在爸爸的肩膀上，看着城隍庙的人潮生出太平盛世的安全感；也曾在圣诞节酒吧街的人造雪里，听到过动听的誓言；也曾三代同堂，齐齐整整天伦叙乐。节日本身，无懈可击。我拒绝的是节日的后遗症：透支情绪后带来的落差，以及宴席后的曲终人散。

幼年的我，就会在漫天烟火里抬头盼望：要日日如今夜璀璨热闹，该多好。想到这烟花只在节日绽放，小伙伴只在此刻欢聚，烟花越灿烂，就越显夜色凄楚惨淡。

长大一些，节日就变成了情感的信用卡，节日规定项目里，就有互赠礼物穿西装礼服，把一些平日里积攒许久或心惊胆战的话，说与对方听。我常常会想，假若没有节日的切入点，人类的诸多情感如何得到释放和沟通？

跳入中年的河流后，节日又增加了一份带点悲情的厚重。它是你与原生家庭会面的倒数计时器，又或者是心怀歉疚的忏悔日。中秋、重阳、春节，每一声爆竹都在惊醒午岁的残酷，春晚里每一个尬聊的段子，都在嘲笑人到中年的窘迫。桌上的每一道珍馐，都在拷问你的孝心。你看到父母老了，隔代亲人的那道防盗门会轰然倒塌，接下来就会是百年孤独里的直面归途。

那种节日，每过一次，百味杂陈加一味，逐年减弱团圆，越发弥散清愁。

家乡，血亲，被莫名地拉开距离。那种疏离感我们无能为力，因为那是人类终极问题和苦难的交织。

03

《妖猫传》一上映我就去看了。我喜欢，哪怕它讲述的是一个幼稚而原始的哲理。但我想写影评之时，卡在了极乐之宴上。我无法淡化这段恢宏的覆灭，去写放手和爱情。

那是一种比曲终人散更大规模的悲怆，因为一次充斥着荒诞不经奇景的举世之宴，它日后的荒烟野蔓，不仅是盛唐节日的落幕，也代表杨玉环的香消玉殒、开元盛世的衰落、三千宠爱于一身的破灭，还有香山居士对不渝爱情幻想的崩盘。它几乎从任何一个维度，清晰地告诉我们——所有信仰与曾经，就像这场佳节，无非是幻术。

如梦幻泡影，如露亦如电。纵向、横向把我们放在世界与时间里，我们的生命，何尝不是取悦自己的节日？只不过你是当事人，你看不见自己的升空与坠落，也看不到自己的热闹与落寞。我们终其一生，就是希望在自己的生命节日里，有人来人往，有酒有肉，不诉离殇。

所以，普世的节日是人类孤独的对镜自照，也成了人类的希望切面。那是一种饮鸩止渴，也是抱团取暖，好对抗这世上所有虚无的夜晚。

新的一年的到来，总是带着一丝怅然和期待。而你的怅然和期待，又是什么呢？

原生家庭幸福的人，就一定会赢吗？

01

亚姐去好朋友公司玩，他们盛情款待，把我灌得七荤八素后，就开启了集体嘲讽模式。

好朋友吐槽他们的一位同事：

主动请他们吃饭，点的是外卖。四个人，一个八寸的比萨。余下三人面面相觑，黑头黑面，就差掀桌"血洗"办公室。她在一旁浑然不知，刷着抖音笑得花枝乱颤。

带她去见客户，穿着NIKE（耐克）的鞋去Adidas（阿迪达斯）的场子，鞋上硕大的NIKE标志牵动了在座甲乙双方的心。她还时不时翘起优雅二郎腿，让那个标志更加鲜亮动人。

让她联络客户，要么越俎代庖干涉对方的设计和文案，要么毫无根据地对客户厚此薄彼。同事们每天给她收拾烂摊子。

追求男生也让人不得安宁。被她喜欢的办公室同事，明明人家明确表示不喜欢她，她却四处宣扬，进度条已经80%了。

我听完，神秘一笑说："这个姑娘原生家庭应该特别圆满吧？"

在座各位头如捣蒜。

这位女孩家境优渥，父母恩爱，亲密关系模式健康。可是这不是她的闪光点吗？怎么就变成了罪魁祸首？

不是每一个原生家庭圆满的人都会成为众矢之的，而是原生家庭圆满的人，有可能成为这样的人。

你们成天抱怨自己原生家庭如何不好，给你们制造了诸多心理创伤和童年阴影，实际上，原生家庭圆满的人，也会不小心"长歪"。

别急，亚姐告诉你为什么。

02

首先，我们来明确原生家庭圆满的概念：家庭幸福，衣食无忧，无论是单亲还是双亲，孩子都被保护得很好，没有受到过心灵创伤。但是在这样的家庭长大的孩子，同样有产生很多问题的可能。

1. 原生家庭圆满的人，自信与自负一线之隔

亚姐小时候有一个终极疑问，明明有些人以世俗的客观标准来说乏善可陈，肤不白、貌不美、腿不长、脑子不灵光，可他们不介意在任何社交网络上发掘、展示、赞颂自己的魅力。他们会把别人的无心搭讪，当成自己魅力万丈的象征。

和这样的怪咖有了几次迫不得已的碰面之后，亚姐发现，他们并不是哗众取宠，也没有包藏祸心，他们是真心觉得自己非常完美。

他们有一个共同点，就是原生家庭美满异常。父母是相亲相爱水

中鸥，他们是自去自来梁上燕。原生家庭对他们的镜面自我产生了保护作用，在父母眼里他是最棒的，那么他的自我认知里，就认定这是客观事实。

进入社会后，有部分人会在遭遇挫败后得到平衡的自我认知，而有一些人就从自信演变成自负：别人都不如我，他们不喜欢我是因为嫉妒我，我就是无懈可击的完美存在。

这种过高的自我认知也会延展到亲密关系中，他们认定自己这样的人中龙凤就该配潘安昭君。

我见过最极端的情况，是一个姿色平平的女人，理直气壮地说出"不喜欢我的男人都是傻子"这样的话。一旁的亚姐相形见绌，羞愧地低下了头。

2. 原生家庭圆满的人，上进心有上限

纵观亚姐二十年来遇见过的形色生态，但凡筚路蓝缕、拼尽全力也要出人头地之人，多是平凡家庭出身。而白富美、高富帅们，也拼也搏，但有一个限度，这个限度在于尊严与心气。他们对富贵和地位并无太大执念，甚至佛系耸肩，曾经拥有过，又何必舍弃尊严快活重蹈覆辙？

3. 原生家庭圆满的人，会容易活在自己的世界里，不顾及他人的感受

原生家庭不圆满人的特质：敏感、自卑、讨好型人格。这种特质运用得当，其实就是情商的一部分，看脸色，知冷热，在乎别人的感受。

原生家庭圆满的人，因为自信、乐天，所以会形成思维闭环，不会那么容易察觉到对方的喜怒哀乐，同样也不会把对方的情绪和自己

联系在一起。文章开头的那个让人令人恨得牙痒痒的小同事，就是这种情况。

恰如其分叫自我，过犹不及就叫自私。

03

原生家庭圆满的人的优点，就是自得其乐、心理健康、逻辑自洽。基本上这些情况带来的负面影响，是周遭群众受累。

但如果你有这样的疑问：自己万般好，为何朋友寥寥？自己貌美如花，为何门可罗雀？自己才华横溢，为何时不时地就想给自己放假？……不妨按图索骥做一番自我反省，原生家庭给你的很圆满，但万事万物都有硬币两面，"命运馈赠的礼物，早就暗中标好了价格"。

相反，耿耿于怀原生家庭的朋友们同样可取其精华：你出身贫寒，就会有知耻而后勇的品格；你命运多舛，就会有勤奋渡苦的惯性；你曾被凉薄对待，也会对这个世界的温情多一份敏感。

让我们手牵手心连心和那些"投胎小能手"们互补互助吧！

母亲是一点点变老的，父亲是一下子变老的

01

从高铁站一出来，女儿扑进姥爷怀里，第一句问候就是："姥爷你没有头发！"

我爸为了掩饰尴尬仰天长笑。

我妈还是要捍卫老公尊严的，抱着我儿了认真打圆场："姥爷也不是没有头发，前面少一点儿，后面还是有的。"

我在后面拎着行李箱，看着祖孙四人围绕我爸的头发展开学术研究，心酸一下子蔓延开来。

我的一个朋友告诉我，男人是一瞬间变老的，他年轻时热爱打架斗殴，吃个饭出门，血流满面回来，面不改色招呼大家继续吃："没事儿没事儿就是去隔壁打了个架。"

有一年他肾上腺素又涌上来，出左勾拳的时候，发现自己手扭了。他内心咯噔一下，对自己默念："到了到了，这个时刻到了。"

我们的父亲本质上也是一个普通的男人，我想在他们的人生里，也有一个时刻，自我宣告年富力强时代的终结，进入与世界和解的中老年。

也许是上楼突然的膝盖痛，也许是突然看不清手机屏幕，也许是看到襁褓里的孙辈，也许是面对满世界手机支付的手足无措。

但我的爸爸，从我客体角度来看，他的瞬间老去也是从头发开始的。

五年前的春节，我给我爸俯拍了张照片，我爸拿过去看的时候不敢置信：天呐，我头发这么少了！这是我的头发吗？

那晚漫天的烟花，还有我爸惊恐的眼神，照片里呈字母"M"状的谢顶发际线交织在一起，热闹而落寞地告诉我，我爸老了。

02

每年回家，我都能感受到妈妈实实在在的变老，从皱纹纵横交错的密度，从让我给她穿针引线的大呼小叫，从记不得我前一年的衣服整理去哪里了的自责，还有一年比一年深厚的唠叨功力。

可爸爸好像总是伟岸清醒，他依旧秉承一家之主的稳重威严，无所不能，不苟言笑，嫌弃妈妈声音太大，嘲笑她的广场舞步伐，拍案决定一家老小东奔西跑的方向。

况且我爸在我眼里，恒久硬朗，十项全能，能一口闷半碗白酒，驾龄三十年去哪里都认路，我上大学时他一口气把行李搬六楼。我爸就是我的大力神，有我爸宽厚的肩膀在，天塌不下来。

我爸当年白手起家，从国企的技术员下海开大卡车做运输，风餐露宿，看尽脸色，过年三杯下肚，我爸就开始讲述一个我已然会背诵的故事。

他早年运输带鱼去北方，在收费站遇到刁难，收费员说他的卡车有问题，但又不说什么问题，每天睡醒就让他在一旁待着等候发落。三天后，我爸咬牙凑齐了保护费，放行。

到了收货点，对方说晚了几天，带鱼不新鲜了，不肯给钱。要知道北方天寒地冻，带鱼都是带冰卖的。我爸一言不发，把带鱼全部倒在收货点，分文不取，开车回家。

我爸对我的教育也是这般硬汉式严厉，仁义礼智信，德智体美劳，样样都要好。学习不好是要挨板子的，打扮得花枝招展是要被撕裙子的，小鹿乱撞早恋是要被关禁闭的。

我这种叛逆期超长的女儿，大约是硬汉人生路上最大的困扰，他也不能把我像带鱼一样扔在别人家门口。

我一直到毕业后工作独自住，都要每晚十点打电话报备行踪，我总是急急匆匆从酒吧回家，等查岗过后，再急急匆匆赶回去，早就失去了兴致。

2010年，我从北京回来，再也不肯留在父母身边，以死抗争。我爸才看不上我那点儿演技，拎着刀让我自裁，我当然就大义凛然地……屈服了。

就是这么个硬汉，在我远嫁的订婚宴上哭了。

他哭得不动声色、隐忍固执。他和我分别坐在两张圆桌边，背对背，一条走道隔着一个宇宙，好像从此把我划出他的人生。他佝偻着身躯，手捂着脸，一寸寸分解自己的崩溃。

我们能感受到对方身体的抽泣，不敢转头看对方，也不知道用什么样的语言，在这喜庆的日子安慰对方，好好做一个里程碑式的告别。

我爸呀，最后还是留不住我。

03

从那一天开始，我发现，我爸在酒局上开始躲酒，手机设置了最大字号，开始让我买膝盖保健药给他。

也许，男人都是憋着一口气不敢老，等那口气松了，就瞬间老了。

我就是我爸的那口气。

老了的父亲，除了看得到的生理衰老，还有一个标志，就是他开始变得柔软。

莫言写自己父亲，对兄弟几个极其严厉，严厉到四海八荒都赫赫有名。十几岁的时候，他撒野忘形时，只要有人在身后说一句"你爹来了"，他就"打一个寒战，脖子紧缩，目光盯着自己的脚尖，半天才回过神来"。父亲"身上有瘆人毛"。

等到他父亲八十岁时，已经成了村子里最慈眉善目的老人，其乐融融。一手带大孙辈，孙辈们长到十几岁都可以躲进爷爷怀里撒娇。

兄弟几个对老父亲的判若两人百思不得其解。母亲解释说："咱家是中农，成分比较敏感，怕被划分出贫下中农，所以怕你们在外面闯祸才那么严厉。老管家这才出了那么多大学生和研究生。"

"虎老了，不威人了"是因为已经护了子女周全，完成了父亲的任务。而失去的舐犊温情，父亲要从孙辈那里补偿，补偿给儿女，也补偿给自己。

我的父亲也如此，他不再对睡懒觉的我脸色铁青，看到我的破洞牛仔裤只是翻白眼一笑，他不再对我的工作指指点点。他的兴趣点转移到我的两个孩子身上，对他俩百依百顺，要啥买啥，还让他们骑在脖子上摘星星摘月亮。

特别是对我的女儿，他总是一边说"和你小时候一模一样"，一边抱起来亲了又亲。万般宠溺模样，和曾把我的发箍从三楼扔下去的那个人，完全对不上号。

他把我从蹒跚学步养到成家立业，终于可以把内心的温情释放出来。

他也不再是我印象里那个对时代充满冲劲的先行者，他不再执着于赚钱，只是守着家业，在老家开了一家餐厅和一家 KTV，无数次他酒后告诉我："女儿，你在香港要是太苦就回来啊，回到家还是个小老板。"

我知道，年轻的父亲用严厉教养我长大，年老的父亲用温情给我的后半生托底。

天下父亲最终也都是一把硬骨头，只要儿女在，哪怕雪鬓霜鬓，也有一份白首之志，就是做儿女的天。

"没有人关心我，除了大数据"

01

朋友圈被支付宝年度关键词刷屏了。亚姐"戏精"又上线了，暗中观察了一天，发现没有人和我的支付宝2018预测相同，我的是：懂得。

"懂得"这个词，深得我心，我就是一个为心腹两肋插刀的人。因为懂得太难，难得懂得。

我琢磨了一下，可能是因为，我在2017年为数不多的淘宝支出中，基本买的都是设计师品牌。追求小众的人，通常孤芳自赏，要求遗世独立，又矫情地渴望知音。

再小范围调研了一下别的标签：

"远方"代表团经常买机票，查询旅行航线，于是淘宝暗示：来，未来还要浪哦。

"爱"代表团今年买了很多家装用品，还有孩子用品（为这位男士鼓掌）。于是淘宝鼓励：未来继续做个好男人哦。

"温暖"代表团买了很多小情小调，蜡烛、手账、靠垫、熏香，于是淘宝赞扬：未来继续作吧！

"坚持"代表团买了很多塑形减肥产品，最大件的是跑步机，最小件的是酵素。于是淘宝威胁：来年不瘦10斤，你就……继续膨胀吧！

当然还有"颜值正义"代表团，很显然，今年她们还是自己买花自己戴，把大部分的支出用在了把自己打扮得花枝招展上。

每一份标签都戳到人心里，在我们浑然不知的情况下，大数据像面魔镜，照出我们本来的样子。甚至，它用词的柔软妥帖，可以坚定我们的信念，左右我们未来一年的走向。

你看，AI大数据，比枕畔的爱人懂我们，比无话不说的老闺密懂我们，比血脉相连的血亲懂我们，甚至比劳碌奔波的自己更懂自己。它记录了最靠近我们的一段人生曲线，告诉我们在这个坐标点，我们得到了什么，需要什么，又缺什么。

我的一个小女友说："好像很久没有一个人，这样懂我，然后鼓励我了。"

没有人关心我，除了大数据。

02

这引发了我的好奇心，比起支付宝的主动出击，其实我们手机里的其他App，也全方位记录了我们的生活。于是我让身边的人用大数据去回顾自己的一年。

"90后"小男生上半年失恋，于是网易云音乐显示他的年度歌手是薛之谦。在4月22日求和未果后，听了《绅士》34遍。然后，回归到自己的后摇情调。然后发现，自己的情伤已经悄然治愈。他说："有时候人会自甘陷入情绪中，不愿走出来，因为痛苦是你和她的最后关联。其实谁都可以更快速地走出来。"

我的金融圈精英朋友的任务是滴滴打车记录，今年他跑了 31 个城市，最晚的一次打车是在凌晨三点，异乡街头，无人等候，街道霓虹兀自闪烁，喝醉的情侣在街口纠缠厮打。他和滴滴司机一路无言，彼此有一种不愿捅破天涯沦落人的微妙默契。那天是情人节。

小助理骑了 152 天的摩拜，另外 200 多天属于小黄车，雨露均沾。共享单车记录着她每一个从地铁里挤出来，踩向公司奋勇前进的日子。还有那些加班收工后，抬头望天不见星辰只见雾霾的夜半孤寂。末了她问我："老板加鸡腿吗？"

美团让一个吃货朋友很兴奋，她咽着口水数今年吃了几次火锅、几次日本料理、几次贵妇下午茶。在我亲切询问了外卖情况时，她陷入了沉默，良久发来一句："唉，单身狗真是惨，每次为了达到配送标准要多塞那么多东西！我终于知道我为什么胖了。"

还有我不懂的《王者荣耀》领域，也传来了心碎的声音：难得遇到一个妹子，在游戏里对她小心呵护了半年，发现是个伪妹子。他说："游戏有时候是人逃避现实、上缴时间的途径，可能还是现实中的妹子软萌一点儿？"

而一位已婚育"少女"在查看了自己的视频软件记录后，愤而卸载："每天喂完奶躺在床上什么都不想干，今年看的都是不费脑子的国产偶像剧，我太堕落了，那个看《权力的游戏》和悬疑片的我，到底去哪里了？都随着奶水付之东流了吧？"

最勤奋的当属日新月异、风起云涌的自媒体从业者，她们用的最多的是得到、在行、知乎、微博。刷热点、知识输入、尝试拓展领域。我在得知同行们如此勤奋后，心有戚戚焉，赶紧打开我的 SOGO Rewards App（香港崇光百货应用程序）看了看近期的商场活动压惊。

03

一天之内得到这么多人的一年和孤独后，我对四通八达伸进我们生活的 App，还有 App 之下的大数据产生了一种微妙的情感：

在冰冷的数据堆积与分析后，它与人类产生了千人千面的温柔共振。它是机械化的数字验算，却以最精准客观的角度，成了我们尚存于世时的记录者。沧海一粟，蜉蝣蝼蚁，也终于有一个暗中观察者，不需促膝长谈，无须掏心掏肺，毋庸引吭高歌，就能让你得到一份消费以外的意外理解。大数据是人与人淡漠疏离之外的能量填充，是时代之殇，也是时代之幸。

案头刚好是梁文道的《没有人是一座孤岛》，也许群岛之上，除了生物，还有这些智人创造出来的个体与群体连接线。

即使我们百年之后，像《寻梦环游记》里描述的那样走向终极死亡，也许我们能把我们的大数据代代相传，作为我们曾在这世界停留的最客观也最温柔的记录。

相亲很酷啊

01

"90 后"小女友抱怨说，她们这代人在婚恋上很两极，要么就是一毕业就签字画押，结婚生子；要么就摸爬滚打，三长两短，磕磕碰碰单身到三十。

偶遇也有，网恋也谈，闲是没闲着，但就是熬不到婚嫁，总是差那么一点儿意思，最终都要沦落到相亲这条路。

用了"沦落"这个词，想见内心得有多不甘不愿：情场夷敌，生得漂亮，怎么就被放在 AA 或不 AA 的餐桌上，任人断斤两？

这是其一，更重要的是，相亲那么毫无浪漫含量的官方形式，相来的会是真爱吗？

这好像是个不吉的开场，意味着人生节奏会像相亲一样，扯证办酒生娃二胎，一眼就望到头的行尸走肉汲汲营营，人生还有什么指望？

这大约也是所有厌恶相亲的人的内心戏码吧。

我问了她两个问题：

1. 你能接受朋友给你介绍吗?

她:"能。"

我:"那么一般情况下,你在聚会赴约之前,都会问清楚,对方身高体重做甚营生,还要翻一翻朋友圈照片,看看要不要'爆灯'。"

即便你不问,放心,朋友攒局的时候,已经在内心深处为你们做了条件配比,你见到的那个人,就是你在朋友心中的层次。

这和相亲没有本质区别。

2. 你能接受裸婚吗?

她:"当然不能。"

我:"那么一般情况下,你们谈婚论嫁最终都会落到讨价还价的条件配比阶段。相亲只不过是把这个步骤提前了,好让你做到恋爱有谱,心里不堵。"

相亲有什么错?

她被我说晕了,但还是顽强地做了最后的挣扎:我只是觉得,好像这恋爱不单纯了,出发点很世俗。

小姑娘,世间所有婚姻都是世俗的,所以所有通往婚姻的恋爱都走向世俗。

所以相亲这事儿,不但不要抵触,还要愉快撒网。

02

我给她讲了我前两天刚听来的真实故事:

四十岁的单身贵族，一个人独享深夜，泡了个热水澡，起身时不慎跌倒，再也爬不起来。

她所有的力气都用来打了最后一个求救电话。当救援人员破门而入的时候，她赤身裸体躺在洗手间。

毫无尊严的那一刻，她突然下定决心要结婚。

第二天，她做了一件让所有人瞠目结舌的事，她注册了某相亲网站会员。

我讲这个故事，是想表达几个观点：

1. 不是每个人结婚都发源于爱情，可能只要陪伴

年轻时眼比天高，心比海深，要么来来去去都是贩夫走卒，要么除却巫山非云也，最后一个人的定局，也清清爽爽。反正这好年代不欺少年孤，吃喝拉撒，都可外卖。

可年岁慢慢往上攀，父亲去世要做顶梁柱脊梁骨，里里外外打理丧事，亲亲疏疏的亲友都要安抚，你发现自己竟然没有机会痛哭。

任凭你鱼子酱黑绷带紧锁皮肤，嘴甜的孩子仍然叫声姐姐，可你自己熬个夜两眼发黑，冬天毛绒秋裤。最要命的是生病，底线是绝不能晕，脑海里都是猝死两天无人知的瘆人画面。

我们对婚姻的难处达成共识，但不能否认单身和婚姻一样，也存在硬币的另一面。有的人天性不羁，不愿承受亲密关系的负累，她们能轻松覆盖掉负面成本，但有的人，会在兜兜转转中意识到，自己扛不住时间的洪流。

于是压死骆驼的最后一根稻草，就是这场浴室意外。她终于意识到，

她需要结婚，要有个人在身边。

注册相亲网站会员，也没什么好诟病的，因为她此刻对婚姻的最大诉求是：快速找到人陪伴。

她需要一个人陪伴，仅仅是生病时一杯心不在焉的水，就足够。

至于最后能不能找来爱情，那是后话。

选择爱情和选择陪伴的人，同样没有高低之分。你看多了书与电影，憧憬《怦然心动》，向往《傲慢与偏见》，你觉得芸芸众生不以爱之名就是自甘堕落。

实际上，某相亲网站2016年的注册用户就已经达到了1.7亿。

你可以活得不雷同，但最好有不审判、不鄙视的开放宽容。

2. 不是每个人，都有能力与运气找到自己的 Mr.Right

我发现一个很有意思的现象，就是我们绝大多数人，都能坦然接受自己是个平凡之辈，但我们拒绝承认，找到"真爱"的概率微乎其微。

《秒速5厘米》里给的答案是0.000049。我认为这个数字还存在水分，因为"爱就是爱消失的过程"，我们在流动的人生里，真爱同样随波逐流。

电光石火是白衬衫，是扭头倒车，是裸着上身煮早餐，是讨论一部电影到深夜，又或者是生病时的一杯温水。

爱意消散同样也只需要一个动作，是脏袜子，是喋喋不休，是他喜欢的女明星艳俗，是他彻夜打游戏的一个背影。

要时时刻刻贯穿一生的真爱，除了运气，还要有持之以恒的耐心与能力，你愿意等他，或者他愿意宽待你，才能蹒跚攀高不掉队。

而我们大多数人，无论贫贱、富贵、健康、疾病都没有这般运气与能力。

听上去很残酷对吗？在我看来，这就和她长了一双欧式卡姿兰大眼睛，而你是丹凤眼一样，是上天的分配。

当你没有那么执着于"真爱""Mr.Right"，把婚恋当成一件人山人海边走边看的漫长小事，可能还会得到意外的惊喜。

选择去相亲的人，他们并没有放弃爱情，只是省略了形式感，他们对 Mr.Right 没有执念，结婚生子可能只是他们人生任务簿上的一个待办事项。

我觉得很酷啊。

3．相亲当然有爱情。

相亲只是认识的渠道官方了，参与的人员复杂了，但那只是开始与环境。爱情来了，挡都挡不住。我见过相亲认识的情侣，因为刚一登场就拥有了长辈的祝福，爱得坦坦荡荡，一往无前。

另外，可能有一点你不愿意接受的事实是：相亲的婚姻在某种程度上更牢固。

逻辑在于,选择相亲这种形式走向婚姻的人,是冲着"过日子"去的,他们门当户对，知根知底，物质上的纷争寥寥；他们对婚姻有过充沛的心理调适，不存在双宿双栖的幻想。

当然，这只是婚姻的一个维度，我们最在乎的幸福，就是师父领进门，修行靠个人了。相亲的婚姻与自由恋爱的婚姻，幸与不幸的概率完全相同。

03

　　请注意，亚姐并不是封建卫道士，也并没为相亲网站打广告，我想告诉你们的是，真爱已经很渺茫了，在明白爱的本质与多样性之后，希望你们不要拒绝任何途径的可能性。

　　我的 1989 年出生的小女友为了找到男朋友，挂了相亲网，拜托了亲朋好友，最近的举措是报了港大的 IMBA，千里迢迢飞来参加小组研讨课程后，她发现她看中的男人都结婚生子了。

　　她和我说，她要休学，弄不好下一届就有合适的人选。

　　你看，不管白网黑网，捕到鱼的就是好网，这才是一个未婚女性寻觅真爱最正确的姿态与自觉。

独立女性要不要男人拎包?

01

在上海录了个节目，三女一男讨论一个主题：女生太独立，下场会很惨?

和你们分享两个讨论的案例：

1. 拎着小包包和男朋友一起去逛街，一定要男朋友给自己拿包，不给拿就噘嘴黑脸爆炸式生气，这算不算独立女性?

2. 和男朋友去旅行，男友查了下机票和你说："我应该和你坐在一起，但知道商务座是你的消费标准，两张商务座超出了我的预算，你介意不介意我们不坐在一起呢?"然后你想了想说："那我们分别出发，到旅行目的地集合吧。"这算不算独立女性?

对于第一个场景，我的直观感受是：

一、要是我的男人要求拎我的Hermès，必须打一顿。包是重要配饰，强调当天心情，彰显当日气场。你怎么能破坏我处心积虑从内到外、从上到下的精心搭配?

二、拎包当令箭的女孩，即使有独立生活的物质基础与社会地位，但这件事的本质不会变：你可以说要小女人性子，可以说是对"直男"

的生存测试，但仅限于此，它算不上独立女性的典型行为模式。

独立女性也可以做类似可爱的事，但绝不是常态的理直气壮。在我看来，独立女性的独立，并非"霸权"。独立是双向的，男人要不要给你拿包，这是双方达成共识后的动作。你一定要他拎着你的粉色香奈儿，和他绅士地接过你的购物袋，是两种截然不同的相处模式与价值观。

第二种女孩，我觉得她没错，但不够可爱。商务座那么宽敞隔那么远，经济舱才方便搂搂抱抱亲亲，为共同旅行铺垫漫长的前戏啊。或者直接给对方升舱，表达可以随时轮流"包养"的决心与实力。总而言之，我认为这是小事，完全不需要用分开旅行这种愕然生硬的解决方式。

当然男孩也不够可爱，直接咬咬牙买商务舱或者先斩后奏要求女孩子陪自己经济舱就行了，还仿佛要对方辩友发言？

我的不舒服在于：这个恋爱旅行有一种商务生疏客套感，我无法想象这两人的相处具象场景，会不会用逻辑分析代替土味情话，用论文格式进行关系进展陈述？虽然我不中意这种荷尔蒙稀疏的恋情，但我也能理解她的做法：尊重对方的真诚，并坚持自己的标准，用分开到达避免尴尬。

参与讨论的现场女性包括我，都算是"70后""80后"的独立女性。结果，这两个在我看来无须讨论的场景，却产生了分歧。

02

拎不拎包，与是否同样能支付得起商务舱，被上纲上线到"三观不同，何必强融"的高度，进而又变成了"我们俩吃不到一起去，就要及时止损"的莫名其妙。我们讨论的哪里是独立女性，简直就是"顺我者上位，逆我者出局"的一家独大。

这让我很诧异，任何一种行为模式，都有具体问题具体分析的空间；任何一段亲密关系，都有如人饮水冷暖自知的具象相处模式，都需要循序渐进的磨合，而不是简单粗暴一刀切，换人了事。

节目录制完成后，我意识到，中国女权之所以倒退，是因为太多人没有理解独立的含义。

独立女性，也分极左极右。看起来都是能"只手遮天"的独立女性，价值观却南辕北辙。

极左的认为——男人就是低级生物，他们存在的意义就是以女性为中心，创造出更利于女性的生存环境。她们即便拥有了独立的条件，也要在精神上碾压、考验、统领男性。这类女性的独立，通常是单向的：你不给我拿包就是不尊重我；我讨厌吃的东西你爱吃就要止损分手；男女不可能平等，我要生孩子，所以我必须颐指气使。而能够独立于世的现状，又给了她们这样做的自信。用一种类似"霸气"的胡搅蛮缠，来彰显自己是敢作敢当、敢分敢换的独立女性。

我简略分析了一下原因，大部分持极左观点的独立女性，她们大多独立得比较轻松。当一个女孩从小家庭优渥，一路顺风顺水，刚好又碰见个百依百顺的老公，那么她的独立既成事实，更多依仗出身与运气的照拂，自我中心就会占大比。

但这种"独立女性"的"独立"与"霸气"建立在两个基础上：一是别人痛苦的基础上；二是好运气用不完，外强中干不暴露的基础上。

另外一种就是极右。极右认为——男女是绝对平等的，男人能做的，女人也能做，没男人天也不塌。所以她们不卖萌，不依附，不亏欠。她们没什么错，但我总是觉得她们会活得很累。

她们中有些人，因为天然性格，或者从小的教育导致这种自我运转的独立性。这种相对来说会好一些，习惯成自然。另外一种似乎是受到过某种里程碑式的伤害，因噎废食，害怕付出与迁就。

她们在亲密关系与家庭中，是一种佛系的观望态度，期待的阈值调试到最低。也很难孤注一掷去爱上一个人，做出牺牲与让步。

这样的女孩越来越多，我尊重她们，但希望她们能活得勇敢一点儿、冲动一点儿、幼稚一点儿，有傻白甜成分的独立女性，才有极致反差的迷人。

03

那么，我所认为的独立女性是什么样的呢？

1. 宠辱不惊

不双标，没有极左的嚣张，也没有极右的胆怯。有对亲密关系让步的宽容共情，因为独立，所以尊重。也有接受对方付出的底气，因为独立，所以还得起。

2.贫富不移，精神独立

只有财务自由才能称得上独立女性吗？不，不论是锦衣玉食还是箪食瓢饮，只要达到自己的物质底线，有精神自给，没有任何人能用物质干扰你的独立性。

3.能对自己的选择负责

家庭主妇能承受付出与得到不成正比的结果，职场女性能为亲密关系的缺失埋单，都算独立女性。没有社会身份与人生阶段的高低之分。

4.有自己的节奏与自洽价值观

结不结婚，生不生孩子，什么时候领证，什么时候生二胎，三姑六婆与自媒体标题，都影响不了你。你知道自己什么时候该做什么事，并不会因为对比产生焦虑与动摇，独立女性是也。

比如，我的女友只想素手烹羹汤，白首一心人，老公出轨了共同面对，不怨天尤人，我觉得她是独立女性。

比如，我的小女友并不为富二代男友的来去黯然神伤，她依然文艺、始终穷游，在自己的世界里痛快驰骋，我觉得她是独立女性。

比如，我知道这篇文章只是一家之言，但坚定表达了自己的观点。比如我知道自己在做什么，并会为自己的选择负责，哪怕新突破最后是失败的结局，也坦然受之。

比如你们，对有各种奇葩想法的亚姐不离不弃，我认为我们都是独立女性。

成年人的友谊，就是不要靠得太近

01

我找一个朋友聊天。她爱搭不理，垂头丧气。

我抱怨说："好不容易找点话题翻你牌子，你别不知好歹，亵渎友谊。"

她解释说："我这个周末累坏了，你容我冷静一下。"

原来她周五赶回老家做发小的伴娘，却在不经意间扮演了大总管的角色，事无巨细，花童哭了，红包少了，新娘的二姑的三表哥烟没了，都打发她去处理。

她没赶上去门口送宾客，被新娘一阵奚落："三缺一，你这是多么不想我婚礼齐齐整整。"

风尘仆仆赶回来，路上就被另一个闺密叫去家里秉烛夜谈，果然还是一个月一次的"姨妈式"闹分手。

她强撑住劳顿和委屈，耐心听闺密梨花带雨说男友是如何爱游戏不爱美人，如何绝尘而去。闺密吧啦吧啦说了一小时，她最终还是气急攻心了："这么渣，那你就分手，让他和游戏过去嘛！"

闺密怔住了，说："哪有人劝分不劝和的，我喊你来解决问题的啊。"最怕空气突然的安静，两人不欢而散。

朋友一肚子怨气："我这个中国好闺密，怎么就碰上些磨人的老妖精，忙到最后还不落好？"

因为伴娘就负责貌美如花，收收红包挡挡酒，顺便搜索下对眼的未婚男青年。闺密就只能偶尔涉足情感纠葛，分析大局。你做惯了本来她们可以另行解决或自主解决的事，把自己置于暧昧不清的位置，稍有差池，就容易变成一个"坏蛋"。

好友就好比一群各有爹妈的蛋，因为相似性的喜爱，有了"一篮子"蛋的缘分。可你偏偏不守护好自己的壳，非要敲开蛋壳，过分接近，最后只能鸡飞蛋打，蛋液横飞。

02

成年人的友谊，就是不要靠得太近，坚守界限，尊重对方，保护自己。这不是逃避友谊的责任，相反，这是维护友谊最好的方式。

我们上学的时候，通常有一位"厕所之友"。下课时间，明明你不尿急，却可以忍受厕所的脏乱差，陪她去上厕所，然后你们手挽手，踏着上课的铃声，岁月静好地往教室走。

这是友谊如若初见的美好模样。你们的时空是同步的，一起上课，一起下课。你挪用了彼此可以自控的下课消闲时间，闺密间公用。你们谈论的事情无非就是哪个老师拖堂惹人嫌，哪个男生打篮球好帅。

你们就像共生的连体婴。

你们渐渐长大，各自面临铺天盖地的琐事，时间不同步，空间不接近，面对的事情性质不一样，处理方式迥异，妄图维持"你尿急，我也尿急"的友谊，那是违背成年规则的过犹不及。

《奇葩说》有一集辩题：闺密去捉奸，我应该陪她去吗？正方正义凛然，两肋插刀的样子让我啼笑皆非、胸口一紧。这不就是当年的亚姐本人吗？

闺密男友背着她又找了一个女朋友，她颤抖着双手拿着手机定位，拉我去壮胆。看到另一个女孩和闺密的男友一同从咖啡店手拉手出来，我冲上去手舞足蹈骂她男友是个白眼狼，女孩是个泼妇。闺密有了我这只出头鸟，说好的去理论去打架都忘了，只剩下号啕大哭做背景声的功能。

故事是个大团圆结局，闺密和男友经历了如此艰巨的考验，突然发觉对方是真爱，从濒临分手急转至谈婚论嫁。

那么，我不要面子的啊？骂出去的话，泼出去的水，我从此不能直面闺密的男友，对见证过他们的不堪，居然有一种"做贼心虚"的羞怯。

而我之于闺密，也好像一块大伤疤，她见到我当日情景就会在脑海中再现，不能释怀。久而久之，我们的闺密之情，转变成了点头之交。

03

这样的吃力不讨好变成来日路人甲的事，连起来可以绕地球十八圈。她让你帮她筹办个晚会，你用尽资源，倒贴赔本，最后她嫌场面不够大明星不够大牌。她让你帮她选个"备胎"，你选了个经济适用男，结果她婚后嫌人家没情趣，质疑你是嫉妒她不想她幸福。你掐着大腿想，我到底做错了什么！

你错就错在，你把友谊的手伸过了界限，心甘情愿成了靶心。当我们面临友谊的求助，要去思考这件事的界限。你所付出的所有帮助，要有三个原则：

1. 考虑你的能力所限

当你把自己的工作挪开，帮朋友去写一份文案。结局大概就是：老板不开心，朋友不满意，自己不痛快。最后你还得把朋友的文案硬着头皮负责到底。

能力之外的相助，就是没头脑，全盘的不高兴。我们每个人都是独立的个体，需要各自焦头烂额去解决自己的问题。认真地告诉她："对不起，我现在没空；这个我不太懂；我最近情绪不佳不想做。"

所有的相助，都应该是：我有空，我可以，我愿意。

2. 考虑她是否能够独立承担

每个人的性格和处事能力都不同，朋友能够独立承担的事，你的肝胆相助，不但会影响她的真实判断，减弱她处理事情的能力，还会给自己带来无妄之灾。

特别是情感的纠结，它没有客观准线，只有当局人才能从心解决。你能做的，只有客观冷静地跟她分析局势，告诉她应该勇敢面对。

最好的朋友，是帮助对方成为更好的人。

3. 客观考虑能否承受这件事的责任

一个朋友因为在事业单位做得不开心，没激情，就和闺密吐槽抱怨提前养老。闺密作为一个激情澎湃的创业者，毫无悬念地劝她长痛不如短痛，朋友就破釜沉舟辞职了。

结果她并不是一个能够独当一面的人，各种投资和创业都失败，事业单位也不可能做她的回头草。闺密不仅遭到了朋友的怨怼，朋友的父母都责怪她：都是你出的馊主意！从此老死不相往来。

当你答应了朋友的请求，就等于揽了一桩责任。你们共同默认，这已经是两个人的事儿了。你接洽这件事之前，就要考虑好，当结果不尽如人意，你是否能够面对，对方是否能谅解。

做朋友，不是有事你开口，而是我尽力，你决定。

健康的友谊，都是以舒适稳定为准则的。不要逾越每个人的界限，陷入往前一步委屈自己，往后一步内疚自责的境地。情感在纠结埋怨中来往反复，逐渐消磨。

你要相信，一份靠得不太近的友谊，才是保全自我和对方，又照亮孤独的傍身美好。